Muchacha Punk

NARRATIVAS ARGENTINAS

FOGWILL

Muchacha Punk

EDITORIAL SUDAMERICANA
BUENOS AIRES

Diseño de tapa: María L. de Chimondeguy / Isabel Rodrigué

IMPRESO EN LA ARGENTINA

Queda hecho el depósito
que previene la ley 11.723.
© *1998, Editorial Sudamericana S.A.*
Humberto I° 531, Buenos Aires.

ISBN 950-07-1504-X

Dos hilitos de sangre

Me sucedió dos veces en Buenos Aires, pero la segunda vez me impresionó más, porque al carácter anómalo —"inusitado"— de la escena venía a sumarse la desagradable sensación de estar viviendo algo por segunda vez. Y a nadie le gusta sentir más de una vez en la vida que está viviendo por segunda vez algo que se repite. ¿No es verdad?

Yo, en ambas oportunidades, vi correr por la nuca del chofer un hilito de sangre. Fueron jueves, distintos jueves del mismo año y eran choferes cincuentones, choferes viejos, choferes de una edad poco frecuente entre choferes de taxi en estos tiempos en los que es más habitual que la profesión de chofer de taxi sea escogida por hombres de veinticinco, treinta, cuarenta años a lo sumo, gente que deja sus empleos, cobra una pequeña indemnización y —como dicen ellos— "se pone" un taxi, un automóvil —como dicen ellos— "para pucherear", y viven de eso: pucherean. Por lo general se trata de hombres recién casados y algo en común debe existir entre los hábitos de poner una familia y "poner un taxi", pero no seré yo quien se ponga a comparar ambas costumbres en este momento.

El segundo hilito de sangre, el de la segunda vez, era semejante al primero, pero manaba más lentamente. Estoy casi seguro de que esa segunda vez el hilito de sangre manaba más lentamente, más despacio, quizá por efectos de la naturaleza de la sangre del segundo chofer, más densa, más viscosa, que aunque surgiera de una fuente idéntica, a una presión y velocidad idénticas, por efectos de su mayor viscosidad o densidad tendía a adherirse con mayor firmeza al vello de la nuca del hombre y a la piel del cuello del hombre, provocando la imagen de un transcurrir más lento por la superficie del hombre, la del chofer del taxi.

Otra diferencia: la primera vez descubrí el hilito de sangre cuando circulábamos por Callao, en los tiempos en que por la avenida Callao aún transcurría el tránsito en doble mano y los semáforos obligaban a detener el automóvil en cada esquina a la espera de la señal verde permisiva de los semáforos. La segunda vez, en cambio, vi el hilito de sangre corriendo remolón entre los pelos de la nuca del chofer mientras avanzábamos por la calle Paraguay entre Carlos Pellegrini y Suipacha rumbo a la calle Maipú por la que el chofer se proponía ensayar una salida hacia el sur, hacia los barrios del sur del centro de la ciudad, a donde me llevaba mi destino. Esa segunda vez ocurrió hace ya mucho tiempo y por entonces aún se circulaba en doble mano por Callao, pero nosotros no circulábamos por Callao sino por Paraguay rumbo al este y no nos detenían allí los semáforos para fatigar nuestra penosa y ralentada marcha: nos detenían los ómnibus que se detenían en cada esquina para librarse por detrás de los pasajeros sobrantes mientras por una puerta delantera, especialmente diseñada, suplían el vacío dejado por los salientes atrayendo nuevos pasajeros entrantes, ansiosos por obtener sus boletos, pequeños papelillos impresos offset a dos colores, con bellas filigranas y números correlativos que ordenan a sus usuarios según su rango de ingreso al vehículo expendedor. Todo es notable. Por Paraguay, con mano única y circulación unidireccional acaecía lo mismo que la vez anterior acaeció por Callao: era menester que en cada esquina el taxi se detuviese. Por una u otra causa, eso era menester. En el segundo caso, en el segundo episodio del hilito de sangre, la causa que constantemente detenía nuestra marcha eran los choferes de ómnibus. En esta ciudad basta que la policía y los inspectores municipales relajen

10

un poco el rigor de su control del tránsito, para que los choferes de ómnibus se comporten *por la libre*, como decía el Che. Naturalmente, el arte del chofer de ómnibus consiste en recorrer la mayor distancia posible en el menor tiempo posible con el mayor número posible de pasajeros a bordo y con un máximo de rotación o mutación de pasajeros, eso que los analistas norteamericanos de servicios de transporte de pasajeros llaman *turnover*. Tal la clave del negocio del chofer de ómnibus y a mayor rendimiento de rotaciones, kilómetros y carga y a menor tiempo empleado para la obtención de esas deseadas metas, mayor estima se granjea el chofer entre sus colegas y entre los propietarios de ómnibus, pues no siempre los choferes de ómnibus son los propietarios de los ómnibus: basta para probarlo una sencilla revisión de las actas del Registro Nacional de la Propiedad Automotor. Allí puede observarse que a menudo, grupos de dos, tres, seis, quince y hasta cincuenta Unidades Afectadas al Servicio Urbano de Transporte de Pasajeros —es decir, ómnibus— figuran a nombre de un mismo propietario. Sabiendo que un hombre sólo puede manejar un ómnibus por vez, y admitiendo que nadie compraría segundos y terceros y quintos ómnibus para tenerlos estacionados en la terminal de ómnibus a la espera de concluir el recorrido de la línea urbana en uno para mudarse a otro, queda probado que ha de haber choferes de ómnibus que no poseen ómnibus y manejan ómnibus de otros, de terceros, aunque no puede descartarse la eventual existencia de una categoría de choferes de ómnibus que posean uno o más ómnibus pero manejen ómnibus que son propiedad de otros, de terceros. Estimo que en caso de probarse la existencia de esta categoría residual de choferes propietarios que conducen ómnibus de terceros no ha de tratarse de una clase unimembre por cuanto la mera existencia de un chofer de ómnibus con tales características tenderá a generar en el sistema de los ómnibus, o en el sistema de los choferes de ómnibus, la

11

irrupción de un rol recíproco, implicando que para cada chofer propietario que conduce ómnibus de terceros habría un tercero tal, que siendo propietario, no conduzca su ómnibus sino el ómnibus del primero, o de otro chofer propietario que no conduzca el suyo. Esto es difícil de explicar en español a causa de la ambivalencia de los pronombres posesivos, pero un analista de sistemas de propiedad de servicios de transporte de origen alemán o anglosajón lo comprendería *en un abrir y cerrar de ojos* como decía Eva Duarte. Lo que importa aquí es establecer nítidamente que, sean o no propietarios de sus vehículos, los choferes de ómnibus, en los horarios en que la comunidad más necesitaría la observancia cabal de las reglamentaciones de tránsito, tienden a transgredirlas con más frecuencia deteniéndose en cualquier parte para abastecerse por delante de nuevos pasajeros en reemplazo de los que en cualquier parte han ido desalojando por su puerta trasera. Y de ese modo dificultan el tránsito de todos los vehículos que recorren la ciudad, entre los cuales, paradójicamente, también suelen contarse ómnibus, idénticos a sus propios ómnibus y conducidos por choferes de ómnibus, colegas suyos, es decir, en español "de ellos". Pero éste no es un cuento de ómnibus ni un cuento de gramáticas, éste es el cuento de los dos hilitos de sangre que en dos jueves distintos del mismo año, vi en lugares distintos de la ciudad, en dos distintas nucas de choferes de taxis. Hilitos de sangre que manando de la cabeza de sus propietarios corrían por sus nucas, tan parecidos que en la memoria sólo atino a diferenciarlos por la velocidad con que se desplazaban por la nuca, por el cuero cabelludo y por la piel del cuello de ambos taxistas. Debo recordar que atribuyo esa diferencia de velocidades a una diferencia en el grado de densidad o viscosidad de las sangres de ambos choferes y no a la naturaleza de la fuente de su manar, ni a la presión —sanguínea— con que ambos hilitos de sangre afloraban, y menos aún me comprometería a sugerir que la

12

diferencia de velocidad estuviese determinada por una magnitud diferente de los orificios fuente del hilito, factores que para un sistema de circulación de fluidos en los que la velocidad depende del cociente entre la presión y el tamaño del orificio, para una determinada viscosidad, abonan en favor de una interpretación mecánica de los hechos. Para mí, éste era un caso típico de diferencias entre distintos grados de viscosidad o densidad del fluido, y no un mero caso de diferencias entre presiones del interior de los sistemas (es decir, los dos choferes), ni de diferencias entre las magnitudes de los puntos de encuentro entre lo interior (los cuerpos) y lo exterior (las pieles, los cueros cabelludos, la cuatricentenaria gran ciudad) es decir, la herida, el orificio, la llaga, el agujerito o el "estigma", cualquiera sea la naturaleza o la hipótesis sobre la naturaleza del origen de ese punto de encuentro entre el interior y el exterior, es decir, cualquiera sea la hipótesis sobre el origen del punto de origen del hilito.

Cuando descubrí el hilito de sangre encendí un cigarrillo, un 555, británico. La primera vez —por Callao— había encendido un Kent Ks Box, americano, y lo había hecho estimulado por la curiosidad que me despertaba el hilito de sangre. En cambio, la segunda vez, la de Paraguay y Suipacha, la vez aquella del hilito de sangre lento, encendí el State Express 555 —gran cigarrillo— parcialmente movido por la curiosidad y fundamentalmente arrastrado por la impresión que me produjo la repetición de una escena ya antes vivida. Eso se llama asombro, o desconcierto, o una palabra que promedie ambas emociones y que aún no la hay. Pero: ¡Cómo no iría yo a "impresionarme" por una escena vivida pocos meses antes si pocos días antes había escrito un relato sobre mi primer episodio con el hilito de sangre tratando de testimoniarlo, procurando extraer de aquella experiencia algunas conclusiones e intentando promover en mis lectores otras conclusiones que por entonces estimaba no era de buen gusto explicitar en un texto...! Tales las diferencias entre los móviles que provocaron el deseo de fumar del pasajero, del testigo, del narrador, del fumador, de mí, que provocó que yo encendiera mi Kent Ks Box en un caso y mi State Express 555 en el otro. En suma, todo consistió en una pequeña diferencia, si se sabe deslindar lo meramente accidental. Resumámoslo: primero —Callao— sangre aguachenta-Kent-curiosidad. Segundo: Paraguay-sangre viscosa-555-curiosidad y desconcierto. Para muchos, a esta altura del acontecimiento textual, el chofer de ambas historias ha de ser el mismo. Explicito que no: los dos choferes diferían. Diferían no sólo por la oportunidad (eran distintas), por sus automóviles (eran Falcons distintos) y por la densidad de sus hilos de sangre. Esos choferes también diferían porque eran choferes diferentes, personas diferentes, valga decirlo así. Ambos choferes eran cincuentones y ambos lucieron a su debido tiempo sus hilitos de sangre, pero el primero, el de Callao, tenía la piel del rostro aceitunada y nariz aguileña y yo pensé que sería un español. "Raza española, ha de ser español él, o hijo de españoles o descendiente de puros españoles", pensé. El segundo chofer, el de sangrar más remolón, el de la calle Paraguay, tenía piel mate y nariz redondeada. Había en su cara algo italiano —un lunar con pelos—, sus cabellos rubiones me hicieron pensar en una incidencia eslava —algún polaco, un yugoslavo en su progenie— y sus labios tenían el típico recorte oriental que puede provenir de una herencia morisca, tal vez transmitida por un gauderio del Chuy descendiente de judíos portugueses que en tiempos de Aparicio Saravia pasó de la Banda Oriental a nuestro lado, estableciéndose con rancho propio en lo que hoy bien puede ser la parte de Ramos Mejía, o en tierras aledañas a la estación de Ezpeleta. Los brazos del segundo chofer eran brazos anglosajones, brazos como los de Mc Arthur o de Montgomery, que de tan anglos y enflaquecidos de no hacer siempre llevan a preguntarse cómo esa gente pudo ganar tantas y tantas guerras. Los brazos anglos del chofer de la calle Paraguay, el de sangrar más lento, me sugerían que en su argentíneo crisol de razas debió filtrarse algún temprano desertor de los ejércitos civilizadores de Beresford y Popham. Se sabe desde Lukács, la narrativa condena a operar en el campo de las ideologías. Pero resumo: el primero español, el segundo hiperamalgamado, superargentino; eso diferenciaba nítidamente para mí a ambos choferes.

Encendí mi 555 esa segunda vez y reconocí en el chofer a un argentino, a un hermano de raza. Debía anunciarle de su hilito de sangre. Pero... ¿cómo hablarle? ¿Qué podía decir yo a ese hombre con su hilito de sangre bajando por la nuca hacia el cuello, con mi cigarrillo ya prendido y tres cuadras más allá del lugar donde le descubrí el hilito de sangre bajador, que ahora ya incursionaba tras su camisa y comenzaba a establecerse como hilito de sangre invisible en la tierra de nadie que separaba la camisa de la piel de la espalda...?

Porque el hilo de sangre ya estaba transcurriendo por la tierra de nadie citada. Y yo, fumando ambas veces —la de Callao y la de Paraguay que ya era la de Maipú pues acabábamos de doblar— pensaba esa segunda vez que bastaría con que el chofer se permitiese un gesto de *relax* y estirase sus piernas para que el movimiento compensatorio de su tronco llevase a su cuello a presionar sobre el borde superior del asiento delantero del automóvil, determinando la desaparición de esa tierra de nadie, y provocando que el hilito de sangre quedase retratado contra la tela de la camisa, cuyas fibras parcialmente naturales no tardarían en succionar ávidas ese jugo que se difundiría a través de su trama textil para hacer de lo que hasta ese momento era un hilo de sangre recorriendo su tierra de nadie una mancha ya estática difundiéndose en el plano testimonial de su camisa celeste de chofer.

Cuento la historia de la segunda vez, la de Maipú. Ya habíamos doblado. Iba hacia el barrio sur, a la oficina de Salles aquel jueves. Me concentro en este segundo episodio porque la primera vez yo manejé muy mal la situación: inexperiencia, asombro, tal vez cierta obnubilación provocada por el nerviosismo provocado por la mala sincronización de los semáforos que fueron una de las características nefastas que hoy a todos nos lleva a recordar con amargura esa vieja Callao de doble mano.

Fumaba yo, miraba el hilito de sangre y me decía: "No bien el ajetreo del tránsito brinde a este desdichado la oportunidad de relajarse, extenderá sus piernas, se librará del permanente pedaleo de freno, embrague y acelerador y clavando sus puños contra el borde superior de la circunferencia del volante de dirección extenderá su cabeza hacia atrás, mirará el tapizado que recubre la cara interna del techo de este Falcon y entonces habrá llegado el instante en que su hilo de sangre, esa parte ahora invisible para mí de su hilo de sangre, se aplastará entre la piel y la tela celestona de su camisa de chofer y lentamente su materia roja comenzará a difundirse por la trama textil asumiendo la forma de una manchita de sangre, después será una verdadera mancha de sangre oval o circular, y después sólo Dios sabe la forma que adoptará la mancha en la camisa de este infeliz..." Eso me dije y estuve a punto de advertirle que un movimiento involuntario podría aplastar su hilito y mancharía su camisa, pero mirando hacia adelante vi que Maipú seguía atestada de ómnibus y taxis y automóviles particulares y camiones de los nuevos servicios de limpieza urbana y entonces me dije (siempre "yo" diciéndome "yo") que el pobre hombre no contaría con el instante de relax imprescindible para que su hilo de sangre concluyera dando de sí todo lo que un hilo de sangre puede dar: una mancha, su sentido final. "Sí —me dije— está lejana la posibilidad de que este hilo de sangre alcance su sentido final: el riesgo parece momentáneamente conjurado". Entonces, con la experiencia que me asistía por haber vivido una situación semejante pocos meses atrás, y con la destreza que me brindaba el azar de haber escrito sobre aquella experiencia pocos días atrás, decidí dirigirme sin eufemismos al chofer, tan educadamente como puede uno dirigirse a otro en la ciudad sin denotar amaneramiento ni resultar sospechoso de una identidad homosexual y hablé así:

—Dicen que vuelven a aparecer los choferes que sangran...

Mi frase lo tomó por sorpresa. Tardó varios segundos en asentir con la cabeza y recién después de unos cuantos metros de calle entreví que se disponía a hablar. En efecto, rebajó a segunda, oprimió el pedal de freno para ceder el paso a una mujer que cruzaba Hipólito Yrigoyen rumbo a la plaza con un niño en brazos y dijo:

—Eso comentan... vuelta a vuelta cae uno al garaje donde yo guardo el coche y dice eso... que están volviendo a aparecer...

—Lo tiene bien eh... —dije para disimular el tema de mi interés.

—¿El qué? —preguntó el hombre. Yo había disimulado mucho.

—El auto... lo tiene bien. No es común encontrar coches tan limpios... hoy en día...

—Vea... va en costumbres... son formas de ser... depende de la clase de gente que sea el dueño.

—Claro —dije—, eso dice mi mujer... la clase se ve en lo que uno hace, en cómo tiene las cosas.

—Cierto —respondió—, mi mujer dice igual.

—Las mujeres saben de estas cosas... todo el día en la casa... casualmente —agregué— ayer mi mujer... me hablaba de... —fabriqué un poquito de suspenso.

—¿De qué? —Ya había despertado su curiosidad.

—De eso... de que habían vuelto a aparecer los choferes de taxi que sangran... Eso me dijo que le habían dicho, yo le dije que no vaya a creer...

—No crea... —dijo él— vuelta a vuelta me dicen que aparecen algunos...

—¿Y por qué será?

—Vaya a saber... —dijo él— costumbres.

—Sí... viéndolo así se explica... pero dígame —lo interrogaba fingiendo ignorar todo acerca de los choferes que sangran y disimulando el hecho perentorio de haber sido yo mismo testigo ocasional del fenómeno ya en dos oportunidades—: Dígame si eso no los perjudica en su trabajo...

—No sé... para mí que sí... pero si andan y vuelta a vuelta vuelven a aparecer, algún provecho han de sacar de eso... ¿No cree?

—Sí... —le dije— pero ¿qué provecho pueden sacar...?

—Y... no sé... pero alguno ha de ser. ¿No es cierto?

Entonces, sintiendo que tenía la situación bajo control, me lancé con todo sobre mi presa. Yo quería saber:

—¿No será usted uno de los choferes que sangran, no?

El hombre dio un respingo en su asiento. Pareció ofenderse y me habló mirando con encono hacia el reflejo de mi cara en el espejo retrovisor del Falcon:

—¡No! ¿Qué se cree usted que soy...?, ¿eh?

—Nada —le dije, fingiéndome intimidado por la violencia de su respuesta—, nada. Fue una pregunta, un preguntar apenas nomás... se me ocurrió... de golpe se me ocurrió decir... preguntarle... se me ocurrió que usted podía ser uno de esos que se ponen a sangrar en el taxi...

Entonces se volvió hacia mí. Creo, pasado el tiempo creo, que eso era en rigor lo que yo quería de él, que a despecho de su enorme y franco espejo retrovisor se volviera hacia mí. Y él se volvió hacia mí para mostrarme su mirada de reproche y al volverse el cuello de su camisa se aplicó contra el borde del asiento: la suerte estaba echada. Ya no hubo más tierra de nadie junto a la piel de su cuello y su espalda y la tela de su camisa de chofer comenzó a teñirse con la sangre que se difundía a mer-

18

ced de la succión sedienta de las fibras de algodón que parcialmente componían la trama de su camisa de chofer celeste.

—¿Qué se cree usted? —enojado hablaba.

—No, nada yo me creo... nada... discúlpeme si lo ofendí...

—No... usted tendría que ofenderse... el que tiene que ofenderse —me dijo como quien imparte una enseñanza ancestral—, es usted... se lo digo en la cara: ¡Usted se engaña con la gente...!

—Puede ser... —concedí suavizando la voz y ahora sí con un no simulado respeto— todos se engañan con la gente... eso decía Pasolini... ¿Ha leído Pasolini alguna vez? —dije para cambiar de tema mientras cruzábamos la avenida Belgrano.

—¿Qué Pasolini? —preguntaba sin advertir la mancha de su camisa que yo ya no podía dejar de mirar interesado—, ¿el artista de cine?

—Sí... ése...

—Qué... ¿también hace libros...?

—Sí... ¡hacía libros!, murió... ¡lo mataron!

—¿Qué...?, ¿al de *La dolce vita* lo mataron? —preguntó confundiendo todo en este instante en que se iba confundiendo su sangre con la intimidad de la trama de las fibras del algodón...

—Sí... lo mataron... —le confirmé.

—Ah... ahora me acuerdo... esos hippies drogados que le escribieron toda la casa...

—Sí... —dije. Entonces advertí que Pasolini, que para él en vida formaba un cuerpo con Mastroianni o con Fellini, muerto pasaba a pertenecer al mundo de Sharon Tate, Polanski y la cultura anfetamínica del clan Manson. Pero yo no podía detenerme a explicar eso a un hombre cuya sangre formaba ahora cuerpo con la tela de su camisa que fuera celeste y ahora, allí donde el mensaje rojo la invadía, tomaba un color de ladrillo oscuro, y tampoco me sentí muy seguro de que no hubiese en la vida de Pasolini algún instante privilegiado de identificación con el fantasma vivo y embarazado de Sharon Tate.

—No sabía que ése escribió libros... —dijo mi sangrante chofer.

—Sí —le informé—, escribió muchos libros... buenos... y en uno de los libros decía algo parecido a lo que usted me dijo reciencito... eso de que todo el mundo se confunde con la gente...

—Ah, sí... —decía el hombre, mientras yo no pasaba por alto que en ese instante, él, en su intimidad, maldecía el tránsito obstruido de la calle Chile...

—Y a propósito de eso... le quería preguntar su opinión: si por ejemplo usted fuese un pasajero y le toca un chofer que sangra, uno de esos que andan sangrando y sangrando, ¿qué haría usted? —encuesté yo.

—No sé... ¿qué iba a hacer?

—Y no sé... yo no soy taxista... por eso quería conocer su opinión...

—¿Qué le iba a hacer? Lo dejaba... a mí que el hombre sangre o no sangre me da igual... si soy el pasajero querría que maneje bien y nada más... eso me alcanza, ¿no es cierto?

Ésas fueron sus últimas palabras: "no-es-cierto". Llegábamos a México y Bolívar, mi destino. Pagué con un billete de diez mil pesos y mientras vigilaba que mi interlocutor no me timase con el vuelto —viejo hábito de los choferes de Buenos Aires— miré cómo su mancha iba creciendo hasta formar una figura del tamaño de una hoja de nogal, o de tilo joven. Hubiese querido saber a qué hora dejaba ese chofer su turno para estimar mejor las dimensiones que llegaría a adquirir su mancha al cabo de la jornada de trabajo, pero pensé que si lo preguntaba directamente él me respondería cualquier guarangada, o lisa y llanamente, con su humor de perros, me mentiría como a un niño. Además, pensé aquel día —y hoy, analizándolo mejor me convenzo de que estaba

20

en lo cierto—, en el curso de la tarde no faltaría un pasajero poco experimentado en viajar con choferes que sangran que, comedido, le anunciara que su hilito de sangre ya era evidente y que su camisa manchada no hacía sino corroborar que también él era un chofer que sangra, llevándolo a tomar conciencia de que su diálogo conmigo durante el mediodía no había sido producto del azar ni el capricho de un pasajero impertinente, sino que obedecía a una realidad de la que él mismo formaba parte y que su natural obstinación de chofer le impedía asumir. Cuando parado en el cordón de la vereda recibí mi cambio, mantuve abierta la puerta trasera del Falcon y conté: tres billetes de mil, uno de quinientos, dos monedas de cien pesos. Estaba bien, el viaje había costado seis mil trescientos pesos, así lo indicaba el reloj empotrado en la consola del auto. Sólo cuando verifiqué las cifras cerré la puerta y dije "adiós" o "buena suerte" o alguna de esas frases que se suelen decir al terminar un viaje.

1980

Japonés

—¡El lechón...! ¡El lechón con cerveza...! —gritó el Japonés desde cubierta.

Y yo, en la cabina, trataba de calcular nuestra posición: eran las 21.30 Greenwich, las 18 hora local, la que usábamos a bordo. El sol se había puesto a las 17 y, a pesar de las nubes, pude bajar un par de astros. Hacía noventa horas que navegábamos nublado y nublado y la posición estimada por la corredera de nudos y alguna corrección de radiogoniómetro no estaba tan mal: quince millas de error.

Pero el grito del Japonés me recordó el lechón.

Lo habíamos estibado en el fondo de la freezer, la tarde que salimos de Mar del Plata, hacía ya ciento doce horas.

Lo habíamos comprado en la rotisería del puerto. Allí estuvimos varias veces abasteciéndonos de conservas y bebidas y el último día, cuando pasamos para encargar media docena de pollos, charlábamos con el vendedor y el Japonés descubrió los lechones. Chicos, tres o cuatro kilos, quisimos comprar un par. El patrón, que sabía que la tarde siguiente zarparíamos a Brasil, nos recomendó que ni los llevásemos. Según él estaban muy condimentados, por eso nos aconsejó comprarle un lechón crudo, para que lo hiciésemos asar en el horno de panadería de la base naval, donde el concesionario era cuñado o primo de su mujer.

Agradecidos, nos fuimos con un lechoncito blanco y limpísimo. Lo acababan de cuerear pero le habían dejado puestos los ojos. Redondos, marrones, grandes: eso impresionaba. El napolitano de la panadería naval se llama-

25

ba Palumbo y como le gustaban los veleros no nos quiso cobrar. Lo asó envuelto en aluminio y lo trajo a bordo la mañana siguiente. El Japonés le mostró el *Chila*, la maniobra y los detalles de carpintería interior.

Los escuchaba hablar entusiasmados mientras hacía lugar para el lechón, aún tibio, en el fondo de la freezer.

Terminaba de anotar la posición en el libro de a bordo y recordé la cara del napolitano cuando entreabrió las láminas de papel metálico para mostrarnos la piel dorada del lechón. Los ojitos se habían achicado y estaban secos. Esa noche lo comeríamos:

—¡Uy... El lechón...! —grité al Japonés—. ¡Termino de estimar la posición y lo busco!

Estábamos en 21° 13' 10" Sur y 44° 00' 09" Oeste o en un círculo de cinco millas alrededor de ese puntito de la carta. El *Chila* avanzaba a 7 nudos con mayor, mesana y genoa dos. Llevábamos rumbo 17°, soplaba Este, empezaba el cuarto día de navegación y pensé si el lechón habría perdido sabor a causa del frío de la freezer.

—¿Qué horas son...? —preguntó el Japonés desde cubierta.

—Las seis —mentí. Eran las siete en Río, hora que habíamos adoptado para el uso a bordo y para rotar las guardias. No quería que el Japonés, que acababa de hacerse cargo de la guardia, me apurase con la cena.

Encontré el chancho al fondo de la conservadora. Se había corrido a sotavento, hacia babor.

La temperatura de la freezer era baja —menos doce según el termostato—, y la humedad nula, cuatro por ciento, en contraste con la atmósfera del barco: veintitrés grados, noventa y cinco por ciento de humedad.

Miré el lechón mientras se descongelaba bajo la lámpara de la mesada. Estaba perfecto. No me gustan las carnes naturales a bordo. El pollo, especialmente, aunque esté en la congelador siempre se descompone, suelta una gelatina amarillenta de gusto subido y en cuanto se descongela absorbe humedad del ambiente y toma una consistencia acartonada que me resulta más desagradable que la carne medio podrida de vaca o cordero que tantas veces debí masticar disciplinadamente.

Arriba el Japonés insistía con la cerveza:

—¡Animal...! Con vino... El lechón va con vino... —le dije, dando a entender que la cena estaba lista.

—No... ¡Con cerveza! Con cerveza, lechuga, tomate y si queda mayonesa, con mayonesa —me respondió.

Quedaba ensalada de la mañana, bastó condimentarla y en un par de minutos serví la cena en la dinette, donde el Japonés había dejado naipes, revistas de historietas, documentos y una campera húmeda sobre la mesa.

—¡Antes de comer, ordená esta roña...! —reclamé, y me senté frente al timón fingiendo calibrar el automático para justificar que él se hiciese cargo de su responsabilidad.

Pero no fue necesario calibrar: las velas estaban bien establecidas y seguía soplando viento Este clavado, la misma brisa que nos acompañaba desde la partida de Mar del Plata.

Por las noches refrescaba —alguna vez llegó a soplar más de treinta nudos—, con el amanecer empezaba a desinflarse y a mediodía calmaba y caía a cuatro o cinco nudos. Cuando empezaba a bajar el sol volvía a refrescar y al atardecer soplaban diez, quince, dieciocho o veinte nudos.

A la puesta del sol se producían unos cortos borneos al Norte, que nos sorprendían con las velas abiertas y provocaban repentinas flameadas que frenaban el barco. Pero esa tarde no fue necesario calibrar el piloto, pues al minuto de bornear volvía a soplar del Este y se restablecía la marcha normal del *Chila*.

Abajo puteaba el Japonés. No le gustaba ordenar. Sólo servía para trabajos de mantenimiento, mecánica, reparación de velas, hacer gazas, reponer el agua de las baterías o controlar el remanente de agua potable. Odiaba timonear, establecer las velas, hacer maniobras en la proa y estar en cubierta bajo la lluvia o cuando el mar mojaba: odiaba todo lo bueno de navegar.

Por eso nos complementábamos. Llevábamos más de cinco mil millas navegando juntos: una traída del *Veracruz* de los Sotelo desde Marbelhead a Punta del Este, un crucero en *El Maula* desde San Fernando a Florianópolis, docenas de cruces Mar del Plata-Buceo y Buenos Aires-Punta, y ahora este trabajo de llevar el *Chila* desde el club Mar del Plata a la marina de Botafogo, frente al departamento de su nuevo dueño, un tal Kuperman. Rarísimo: había sido rabino en la Argentina, después estuvo veinte años en la India estudiando filosofía, y después tomó ciudadanía yanqui. De viejo, se casó con una bailarina de ballet que se gastó la herencia de los padres para comprarle el *Chila*: habían pagado trescientos cincuenta mil dólares por este barco, y ahora él estaba en Brasil por un año, dirigiendo una fundación norteamericana, y la mujer se había quedado en Chicago, dando clases de danza oriental, sin marido y sin barco.

Cuando me comentaron el precio del *Chila* calculé que la tipa había gastado trescientos dólares por centímetro, treinta dólares por milímetro. Y una vez que comíamos jamón el Japonés se reía solo y cuando le pregunté por qué reía me dijo que pensaba en el *Chila* cortado en fetas finísimas como jamón, cada una de las cuales costaría más que un kilo de jamón. A él nunca se le hubiera ocurrido calcular por milímetro el precio de un barco. Pero yo jamás habría comparado un barco ni una feta de barco con un fiambre por más apetecible que estuviera en aquel atardecer tan lejos de los buenos restaurantes del mundo. Era brillante el Japo.

También en eso nos complementábamos.

Lo conocí en 1973, la tarde del 29 de diciembre, en el Yacht Club de Buceo. Necesitaba estar el 31 en Punta del Este —en el "este", como dicen los orientales—, no tenía ganas de subir a la ciudad para tomar un ómnibus y por entonces el taxi costaba una fortuna. Anduve preguntando si alguien se embarcaba para la Punta y entonces me lo presentaron:

—Dumas, encantado... —Le di la mano.

—Orlando, un gusto —respondió—. ¿Argentino...?

—Sí —dije—, ¿vos también...?

—No, paraguayo de nacimiento, pero criado en San Fernando...

Le habían pagado para llevar un crucero de lujo a Punta. Había entrado en el Buceo porque amenazaba pampero y como muchos de los que andaban remoloneando por el muelle matando el tiempo, esperó un día, esperó dos, y el pampero no terminaba de largarse. El barómetro seguía bajo, por eso nadie se animaba a salir. A las siete de la tarde me dijo:

—Si no refucila, a las nueve nos mandamos.

—Perfecto —dije y quise saber cómo era el barco.

—Así, así, más o menos... —me explicó figurando un gesto de bamboleo o de duda con la mano derecha y me lo señaló. Vi el barco: un crucero de lujo, pensado para pasear por el Delta del Paraná, nada adecuado al mar abierto. Tenía dos motores nafteros de trescientos caballos que se jalaban cerca de cien litros por hora sin rendir más de veinte nudos: mil litros de Buenos Aires a Punta del Este, una locura.

—Tiene seguro. Nos andamos pegados a la costa y listo... —me tranquilizó.

—Yo nado bien —le contesté.

—Yo también. ¿Dormiste anoche?

La pregunta era obligada. Aquellas noches nadie solía dormir. La gente subía a Montevideo a tomar, había uruguayos y turistas que te invitaban a sus casas, había guitarreadas, mesas de póker y fumadas en el puerto y de mañana todo el mundo iba a la playa a nadar o a tomar mate mirando el horizonte y las nubes con apariencia de pampero que seguían quietas, como el agua mansa del río.

—Sí, apoliyé toda la noche, hasta las dos de la tarde —le contesté.

—Mejor. Si nos hundimos vamos a tratar de salvar algo para nosotros...

—Bien —respondí. Pero a bordo era un puro lujo, cristalería, cubiertos, almohadones con pieles, nada que valiese la pena robar.

—¿Qué salvarías si se hunde? —le pregunté.

—El champán: en la sentina hay seis cajones de champán de la embajada chilena. El champán, para festejar —dijo el Japonés.

Lo imaginé nadando con un salvavidas y un cabo a la rastra con seis cajones de champán y me gustó el tipo: seguro, franco. Quise saber:

—¿Por qué te dicen Japonés...?

—Por achinado —dijo señalándose los ojos chiquitos—. ¡Y porque jugaba al béisbol...! Una vez, de pendejo, jugaba en un equipo de japoneses y una tipa me empezó a gritar en japonés "gua gua gua", creyéndose que yo era de la colectividad... —explicaba.

—Japonés es el que dibujó este barco —lo interrumpí.

—Sí. ¡Picasso no era! Fijáte que el fondo, que aguanta toda la hotelería y las máquinas, lo hicieron de una pulgada de cedro y al espejo, que está de puro adorno, le metieron lapacho de 35 milímetros para darle pinta...

No le creí, pero rato después, al recorrer el barco, pensé que aunque el Japonés exageraba, era una de las peores entre las tantas cosas mal calculadas que flotan por el Río de la Plata.

Oscurecía en Montevideo. Soplaba Noroeste y no se veía una nube. El barómetro seguía bajo y hasta en la pesadez de las conversaciones de la gente del muelle se notaba venir la tormenta.

Miré al Sur y al Sudoeste: ni un relámpago, ni un cambio en el dibujo de las nubes.

—¿Y qué hacemos...? —dudé.

—Nos piramos —decidió.

A las nueve y media dejamos la amarra de Buceo. Algunos conocidos nos desearon suerte. Desde un cadete fondeado cerca de la salida un gordo preguntó:

—¿Llevan paraguas?

—No... ¡Comida pa' las medusas! —gritó el Japonés.

El gordo riendo, con su jarrito de aluminio en la mano, fue lo último que vi del puerto. Después me acordé mucho de él. El Japonés puso rumbo al Este y aceleró. Los motores giraban a dos mil vueltas y salimos haciendo cerca de quince nudos: llegaríamos a Punta entre las dos y las tres de la madrugada.

Al rato me cedió el comando. Traté de tomarle la mano, nada fácil: no bien creía haber logrado una buena combinación de aceleradores y timón, y en cuanto mis reflejos se habían organizado para administrarla, una repentina desviación me obligaba a restablecer el equilibrio, generalmente, al precio de un cambio de veinte y de hasta treinta grados en el rumbo.

En cabina, recostado en un diván de piel de cebra, el Japonés leía una historieta. De a ratos se incorporaba para controlar el rumbo en el compás de la timonera interior y cuando me descubría alguna desviación vociferaba:

—¡Eha, eha cochero...!

Y yo lo mandaba al carajo porque los brazos me dolían, no tanto por el esfuerzo, sino por la concentración inútil que requería ese barco.

Rolaba quince grados, casi sin olas y como al inclinarse hacia una banda trabajaba más el motor de ese lado, la proa enfilaba hacia la banda opuesta. No había manera de eliminar aquel efecto tan enervante.

Después de vigilarme un rato el Japonés me tomó confianza. Subió a avisar que dormiría una siesta en el camarote y me pidió que lo despertase a las doce. Bajó él, y cuando vi que las luces del camarote se apagaban me despreocupé del rumbo y lo dejé oscilar. No tenía apuro por llegar ni necesidad de ahorrar combustible. Navegué más tranquilo y aumenté la velocidad. Los Gray giraban a dos mil quinientas vueltas, la aguja marcaba apenas veinte nudos. Eran las diez.

En la timonera de cubierta había un receptor de radio. Sintonicé la emisora del Estado uruguayo, Sodre. Transmitían "La Traviata", estábamos en mitad del primer acto y Violeta deliraba en voz alta sobre el valor de la libertad y la pasión de su joven Alfredo. El mar estaba calmo, seguía soplando suave el Noroeste y unas ondas muy remolonas nos tomaban por estribor y por la aleta, provocando aquel rolido tan molesto.

Pero a mí eso ya no me importaba: venía tarareando el aria de Violeta, dos octavas más bajo, casi en el registro de los escapes de los Gray.

Cuando el señor Germont golpeó la puerta eran las once menos cuarto y empezaba a relampaguear en el Sudoeste. A proa se notaban las luces de Piriápolis, y aunque la oscuridad impedía calcular la distancia de la costa a babor, según la profundidad, si la ecosonda no me engañaba, debíamos tenerla a tres o cuatro millas.

Resolví acercarme y mantener el rumbo sobre la isobata de tres metros de profundidad, a una o dos millas de la costa. A las once abandoné por unos instantes "La Traviata" y sintonicé radio Provincia de Buenos Aires para escuchar el boletín meteorológico.

Llovía en Mar del Plata y en Maipú. Anunciaban vientos de regulares a fuertes del Sur y esa tarde un temporal se había desencadenado en Tandil.

Volví a sintonizar Sodre y calculé que si la tormenta estaba en Mar del Plata, corriéndose a cuarenta y cinco millas horarias, llegaría a Punta del Este una hora después que nosotros. Los relámpagos se concentraban en una zona que tenía el aspecto de un frente de tormenta. Creí ver cúmulus, pero mientras Violeta despedía a Alfredo —para siempre—, decidí que esa imagen era producto del cansancio de timonear, una alucinación visual y sólo eso.

El Japonés debió haber visto el reflejo de los relámpagos porque antes de las once y media salió del camarote y subió a la timonera con dos latas de cerveza recién abiertas. Extendió sobre la mesa de navegación su revista de historietas:

—¡Qué asco! ¿Leíste ésta...? —preguntó.

—No. ¿Qué es...? —dije—. Historietas jamás han sido mi fuerte.

—Una nueva, "Maxi Tops".

Leí los titulares. Había una historieta mal ilustrada sobre cowboys y otra sobre hippies.

Osvaldo Lamborghini firmaba esta última. Me sorprendió:

—A éste lo conozco —dije al Japonés—, es el mejor poeta argentino...

—Será... —me contestó—. Pero dibujar dibuja como su culo.

—No, no la dibuja él, él la escribe... —expliqué.

—Bueno, escribir escribe como su reverendo culo —dijo. Tiró la revista a la cresta de la onda que se formaba a estribor, y me empujó para tomar a su cargo la rueda enervante del timón. Después volvió a hablar:

—¿Dónde está ahora...?

Creí que preguntaba por Lamborghini y me pregunté dónde estaría Lamborghini esa noche. Quise confirmar su pregunta:

—¿Quién...?

—La rosca, dormido. ¿Dónde calculás que está el pampero...?

—Cien o doscientas millas, creo.

No respondió. Tampoco debió haberme creído. Movió el dial silenciando al señor Germont que imploraba por su hijo y sintonizó una radio argentina. La voz de Jorge Vidal cantaba el tango "Muchacho", perforado por descargas atmosféricas cada pocos segundos. Después aceleró: tres mil vueltas, veinticuatro nudos.

—¿Dónde estamos?

—Diez millas de Piriápolis, más o menos... —le dije.

—¿Y la costa?

—Por la profundidad debe estar a milla, milla y media... —calculé.

—Bien. Habrá que nadar...

No seguí con el tema. Bajé a la cabina a consultar una carta —la única de a bordo—, y confirmé la profundidad y el rumbo. En efecto, las luces que veíamos a proa correspondían a Piriápolis. Busqué un salvavidas y calcé mis botas y mi traje de agua. Cargué en los bolsillos unas barras de chocolate que había en el botiquín y en mi bolso de mano, el único equipaje que llevé a Uruguay, agregué una cantimplora de cognac, un par de latas de cerveza, una botella de un litro de Coca-Cola, una manta inglesa y un juego de herramientas en miniatura que hasta esa noche pertenecieron al dueño del barco. Cerré el bolso, lo aseguré con un cabo al salvavidas y salí a la noche cálida. El Japonés no se sorprendió, me cedió el timón y bajó a la cabina: él también quería prepararse. Al volver preguntó:

—¿Se acerca...?

Respondí afirmativamente. Ya no se veían las luces de Piriápolis. Sobre la costa estaba la tormenta, o había comenzado a llover. Pronto lo sabríamos.

—¿Y...? ¿Preparaste el champán...? —pregunté bromeando, para disimular el miedo.

—No es el momento. ¿Te parece de volver...?

—No, sería peor. Si la que se viene es ésa —dije señalando la zona donde se concentraban los relámpagos—, nos va a agarrar justo de proa.

—Mejor... Pero mejor de todo sería que esperase... —comentó como hablando para sí mismo. Y prosiguió—: Yo le había dicho al tipo que esperásemos... Que esto no es para el mar... Pero hoy llamó desde Punta del Este, que quería tener ahí el barco mañana mismo...

—¿Y le dijiste que se podía ir al fondo...?

—Sí...

—¿Y qué te contestó?

—Que no importaba, que se compraba otro...

—¿Tiene seguro?

—Sí, el barco sí —dijo y rió, medio nerviosamente.

Yo también reí, y para tranquilizarlo sobre mi ánimo le conté algunas tormentas que me habían tocado. Pasamos un buen rato intercambiando anécdotas.

—Yo pongo proa a la playa y listo... —dijo él.

—Yo me bajo, sin mojarme las botas, salto a la arena y chau... —dije yo, siguiendo su broma.

Era el plan más razonable. Por esa zona hay piedra, pero la mayor parte de la costa es de arena blanca y cae a pico. Si uno fuese indiferente al destino del barco, en esa zona no le sería difícil bajar a tierra casi sin mojarse los pies. Pero no es fácil cambiar ciertas costumbres: la gente se habitúa a navegar en barcos que quiere y preferiría ahogarse antes de perderlos o dejarlos hundir entre las piedras. Así nace un reflejo de miedo por el barco. Porque aquella noche no había nada que temer: viniera del Sur o del Sudeste, el pampero nos llevaría inevitablemente hacia la costa. Un chapuzón, perder el bolso con los documentos en el peor de los casos, y ganar una anécdota nueva para contar a lo largo de toda una vida cuyo futuro está fuera de discusión. Pero está ese reflejo, y el miedo —la sensación de hielo en el estómago, la garganta seca, las manos que se crispan alrededor de cualquier objeto—, era idéntico al que se puede sentir en medio del mar, cuando aparece el riesgo de naufragio. Uno es presa del hábito y se hace difícil en momentos así integrar la idea de que los barcos ajenos y hechos para pasear en lagunas no merecen ninguna consideración.

Debo haber controlado la carta un par de veces. Mi plan, al que el Japonés adhería, era mantener el barco sobre la línea de profundidad de cuatro a cinco metros. De ese modo, entre Atlántida y Punta Ballenas no había riesgo de alejarse más de una milla, o un par de millas de la costa, en el peor de los casos. A las doce consulté el reloj por última vez. Los rayos pegaban cerca y los truenos se escuchaban al cabo de veinticinco o treinta segundos. Le iba a decir al Japonés que el borde de ataque de la tormenta estaba a seis o siete millas, cuando la primera racha nos castigó. Venía yo a cargo del timón y cedí el comando al Japonés. La lluvia helada parecía granizo, pero bastó mirar la cubierta, iluminada por los reflejos de la timonera, para saber que era agua y sólo agua eso que golpeaba la cara casi hasta lastimar. El mar comenzaba a arbolarse. Las luces de Piriápolis ya no se veían y el crucero enterraba la proa en las primeras olas de la tormenta.

Miré la sonda: tres metros. Navegábamos muy arrimados a la costa. En un velero yo hubiese puesto rumbo mar adentro para defender el barco, pero ahí sólo rogaba que la primera piedra que golpease el casco estuviera muy cerca de la playa. Apenas podíamos conservar la enfilación, guiñábamos cuarenta grados a cada banda y no bien se corregía el rumbo la proa volvía a cruzar el viento, arrachado y borneador, y terminábamos con un desvío de cuarenta o cincuenta grados hacia el cuadrante opuesto. La marejada grande comenzó a los diez o quince minutos. No soplaba mucho, calculo un máximo de cuarenta nudos de viento. Pero los motores girando cerca de las cuatro mil vueltas no rendían más de cinco nudos y por momentos la aguja del velocímetro caía al cero y no me pareció improbable que estuviésemos frenados y retrocediendo a la velocidad de la corriente, que debía ser de tres o cuatro nudos por lo menos.

Llegaba la ola, el barco hundía la proa hasta que la cresta se acercaba a la popa y recién entonces emergía la proa, y todo acompañado por las variaciones del ruido del motor, porque al caer la proa, durante unos segundos las hélices giraban en el aire y el régimen subía hasta el límite de cinco a seis mil vueltas.

Por suerte algo regulaba la velocidad suspendiendo momentáneamente la alimentación de los carburadores al superar cierto nivel de vueltas.

Eso, que ocurría cada dos o tres olas, nos dejaba paralizados y sin gobierno y el barco se atravesaba más y alguna rompiente nos pasaba por encima.

Mientras tanto rolábamos, caíamos a babor más que a estribor, creo que a causa de algún error en la instalación de los depósitos de nafta. Por la banda de babor embarcábamos agua. Pensé que si una de esas caídas se producía cuando habíamos guiñado hacia el Oeste podríamos tumbar, y me preocupé, porque hundido uno se salva, pero dando una vuelta de campana, con esa timonera a casi cuatro metros de la superficie del agua, lo más probable sería reventarse contra la arena del fondo mucho antes de respirar la primera bocanada de agua liberadora. Quise prender un cigarrillo. Saqué uno o dos Embajadores mojados del saco de aguas y finalmente el Japonés me pasó un Jockey Club que milagrosamente conservaba encendido. Sentía la garganta cada vez más seca. El Japonés me pidió algo para tomar y bajé a la cabina a buscar la Coca y el cognac y mi bolso con el cabo que había preparado para el caso de embicar en la playa o para la eventualidad, que entonces me pareció más probable, de que se plantasen los motores y tuviésemos que tirarnos al agua para que la cabina no nos chupara en la tumbada.

El interior del barco parecía una demolición. Todo era vidrios rotos, las puertas de los muebles del salón y la cocina se abrían y cerraban alocadamente. Hacía gracia la heladera abierta con su luz azulada reflejándose en el charco de leche, manteca derretida, vino, huevos y mayonesa que se había formado en la alfombra. Prendí un Embajadores, tomé la única botella de Coca sana que pude encontrar y volví a la timonera.

Le pasé un cigarrillo prendido al Japonés.

—¿Miedo? —pregunté.

—No —me dice—. ¡Impresión nomás!

—¿Dónde está el fondeo?

—Ni lo busqués, tenemos una anclita de cinco kilos y un cabo de nylon, pero no hay cómo hacerlo firme, porque el fraile está con dos tornillos de adorno y no aguanta ni el remolque de una canoa isleña. Se lo avisé al dueño.

—¿Y hay bote? —quise saber.

—Sí, pero no sirve. Es un plegable: no aguanta el peso de nadie si hay un poco de ola.

—¿Qué tal nadás? —Estaba empapado por la lluvia y por el sudor dentro del traje de aguas.

—Bien. Una o dos horas puedo.

En ese momento enmudeció la radio y se apagaron las luces del instrumental.

—Un fusible sonó —dijo él.

Estaríamos a un par de millas de Piriápolis, donde la costa hace un recodo y tal vez pudiésemos encontrar un poco de reparo del viento. Seguimos navegando con la timonera iluminada desde abajo por los fluorescentes de la cabina. Era cerca de la una de la madrugada. Miré el reloj porque me pareció que rolábamos más lentamente. ¿Sería el sueño? Iba a comentárselo al Japonés pero se me adelantó:

—Algo siento... —dijo.

—¿Qué...?

—Algo...

Había aumentado el viento y la lluvia amainaba. Ahora eran agujitas de agua helada, menos dolorosas que las de los chubascos de la primera hora.

—¿Qué algo...? —volví a preguntar.

—No sé. ¡Tomá el timón!

Y me empujó frente a la rueda a mí y bajó a la cabina.

No bien dejó la timonera traté de sincronizar los motores. Estaban en cuatro mil vueltas, bajaban a mil cuando se clavaba la proa y llegaban a cinco mil cuando al pasar la ola volvía a hundirse la proa y la hélice se soltaba a trabajar en el aire. Nunca creí que pudiera resistir tanto un Gray.

Al volver el Japo me sorprendió con una pregunta:

—¿Cuánto es una bomba de dos mil litros? ¿Saca dos mil por hora o por minuto?

—Por hora, seguro que es por hora —le dije, sin entender.

—Y decime, ¿cuánta agua cabe en diez metros por uno y medio por dos de ancho?

—Diez mil, quince mil litros —calculé.

—¡Sonamos! Los pisos de la cabina están flotando. Puse las dos bombas a funcionar, vuelvo a ver si sacan...

Escuché que gritaba desde abajo:

—¡No sacan un carajo...! ¡Esto se hunde!

Fue ahí cuando tuve más miedo que en cualquier otro momento de mi vida.

—Japo, ¿nos tiramos a la playa...? —grité.

—No, pará... vamos a ver.

Volvió a la timonera.

—¡Pará un motor! —me ordenó.

—Estás loco.

—Pará uno y olvidáte de ponerlo en marcha. ¿Oíste? —amenazó.

—¿Qué querés?

—Sacar el agua. ¡Ni se te ocurra ponerlo en marcha!

Él mismo llevó el comando de un acelerador a cero, e interrumpió el encendido. Antes de bajar a la cabina amenazó:

—Ni se te ocurra arrancarlo...

Con el motor de estribor funcionando a fondo y el timón clavado hacia la banda opuesta se podía mantener el rumbo unos minutos. Después una ola volvió a dejarnos la hélice en el aire, me giró la proa y concluí recorriendo un círculo completo. Lo mismo volvió a suceder dos o tres veces, y, según la sonda, con cada rodeo me acercaba más y más a la playa: por un momento marcó un metro, no supe si de profundidad o un metro bajo la quilla, es decir, un metro y medio o un metro ochenta de profundidad como máximo.

A la tercera o cuarta vuelta apareció el Japonés gritando:

—¡Meté el motor a fondo, carajo!

Pero él mismo empujó con el codo la palanca del acelerador. El régimen subió a cinco mil vueltas y el barco se hizo más gobernable. El Japonés me mostró su mano izquierda, me dijo que tenía la yema de los dedos chamuscadas, pero con la poca luz que subía desde los fluorescentes no pude verlas. Me explicó, mordiéndose los labios de dolor, que había desarmado el sistema de refrigeración, conectando el caño de la bomba del motor a la sentina, para desagotarla.

Por suerte, ya entrábamos en el reparo de la punta de Piriápolis. Amainó el viento y la marejada era menos violenta. Estuvimos rondando por la bahía un buen rato hasta que otra aflojada del viento nos animó a seguir porque no había modo de encontrar las balizas de entrada al puerto de Piriápolis, que por ese entonces no era mucho más que un zanjón.

Con medio metro de agua adentro y los motores recalentados aparecimos en Punta del Este cuando empezaba a clarear. El Japonés dormía, trabado con su cinto a la butaca del acompañante del timonel. A las cinco y media amarré al muelle de Prefectura. Lloviznaba, no había nadie despierto entre tanto barco y edificio y recién a la hora llegaron los de la aduana en un botecito. Cuando terminaron la revisión y el papeleo se llevaron al Japonés a una farmacia a hacerle curar la mano. La tuvo vendada todo ese verano pero siguió yendo y viniendo, llevando y trayendo barcos de San Isidro al Este, del Este a San Isidro, y uno que otro hasta el Brasil. En marzo del año que empezó al día siguiente de aquel pampero volví a navegar con él en un barco decente, el *Fiesta*, un dibujo de Rhodes, clásico, con palo de madera y unas velas Ratsey de algodón, que tendrían veinticinco años pero pintaban impecables. Esa vez hicimos Punta del Este-Buenos Aires creo que en treinta horas, con viento Sur.

Y nunca más volví a subir a bordo de un crucero: había aprendido que los barcos a motor son para locos como el Japonés, hechos para pasarse la vida llevando y trayendo cosas de fondo chato y decir por ahí que son capaces de dejarlas hundir y robarse un cajón de champán porque total tienen seguro y el dueño es un gallego, aunque uno sepa por experiencia que macanean y que no se atreverían a perder ni una casa flotante decorada con muebles provenzales.

—¿Te acordás del Pampero en Piriápolis...? —habló el Japonés.

Yo estaba sirviendo mi tercera porción del chancho, unas costillitas con piel riquísima, empapadas con el jugo de medio limón. Terminé mi copa de vino blanco antes de responder.

—Sí, recién pensaba en eso yo —le dije.

—Qué cagazo flor, ¿eh?

—Sí. No sé por qué. No sé por qué carajo no nos metimos en la playa... —reflexioné.

—La costumbre. Es la costumbre.

—¿Qué fue del dueño? ¿Se habrá ahogado...?

—No... ésos no se ahogan nunca, terminan siempre vendiendo el barco al doble de lo que lo pagaron y se compran un Mercedes Benz...

Seguimos charlando mientras él comía lechón y tomaba cerveza Guinness como desafiándome a insistir en que el lechón va con vino.

41

—Mirá —dijo mostrándome las marcas que sus dedos terminaban de dejar en el vidrio empañado del porroncito de Guinness—, en este dedo no tengo digitales, y en este otro —me extendió su anular—, no tengo tacto. Si me toco el orto con él, me da la impresión de que me lo está tocando otro.

Era divertido. Le serví otra porción de lechón mientras él se destapaba otro porrón de Guinness. El *Chila* avanzaba aplomado, siempre en rumbo. Había refrescado el viento, y el barco, recostado sobre la banda de babor, se hacía más firme en el agua. Desde la dinette parecía que estábamos detenidos. Así era el andar de ese velero: veinte toneladas —nueve de plomo—, dos metros bajo el agua y una orza de acero inoxidable que se clavaba dos metros más hondo, dándole ese estilo sereno de atropellar la ola. Daba confianza el *Chila*, tal vez por eso nos volteaba el sueño con tanta facilidad a bordo de ese barco.

—Tu guardia, Japo. ¡A cubierta! —reclamé.

—Sí... Voy. ¡Ya mismo voy! —respondió. Pero demoró un largo rato para vestirse con la ropa de abrigo y preparar sus revistas y su termo con café. Cuando por fin subió a cubierta la cocina lucía limpia y ordenada y, adivinando el estado en que la encontraría al levantarme, me fui a dormir a una cucheta de sotavento. Eran las nueve de la noche.

Tardé en dormirme. Llevaba en mente la idea que me había pasado Kröpfl un día antes de mi salida de Buenos Aires para buscar el *Chila* en Mar del Plata.

—Entre el sonido y la estructura hay un abismo...
—había dicho para explicar por qué mi voz se resistía a afinar bien sus predilectos lieder de Schönberg.

—Tenés todo tu viaje para pensarlo. Pensálo con el "arroz con leche" y cuando vuelvas, si no te ahogaste, me contestás... —aconsejó, y yo creí que a partir de esa noción iba a ordenar mis ideas sobre la música y planeaba aprovechar la tranquilidad del mar para reflexionar sobre el tema y escribir algo.

—Los intervalos son entidades, no relaciones —me había dicho el año anterior. Y esa idea era lo único original del texto sobre música que escribimos con Alicia y nos entretuvo más de una semana. Ahora tenía esta cuestión del "abismo" rondándome, y una fea sensación de fracaso me agobiaba al pensar que sólo faltaban dos noches para llegar a Río y no había escrito siquiera una línea sobre el tema. Cuando miré el reloj eran las veintitrés. El *Chila* seguía en rumbo. Sospeché que el Japonés se habría dormido en la timonera y no me importó. Necesité ir al baño. Sentía acidez y tomé un vaso de agua con Alka Seltzer antes de volver a tirarme en la cucheta. A bordo reinaban el orden y la serenidad. Debo haberme dormido a la una y media de la madrugada. Tomaba guardia a las seis, hora de a bordo, nueve y treinta hora de Greenwich. Me quedaban pocas horas de sueño.

Al despertar vi luz, mucha luz en cabina: no eran las seis. El sol alto pasaba perpendicularmente por el tambucho de proa: serían las diez. El Japonés se había dormido al timón una vez más. Semidormido corrí a la mesa de navegación y controlé la corredera: habíamos avanzado ciento diez millas desde las ocho de la noche del día anterior y según el compás del radiogoniómetro seguíamos en rumbo. Fui a lavarme mientras se calentaba la pavita para el café. Calcé mis botas y desayuné, no tenía ganas de subir a cubierta a renegar con el Japo y debí tomar dos tazas de café con galletas de coco para sentirme totalmente despierto. Antes de salir me froté los brazos y la cara con crema antiactínica previendo que esa tarde de abril el sol castigaría muchísimo. Después puse una cassette de música brasileña y levanté el volumen de los parlantes de cubierta pensando que eso me ayudaría a despertar al Japonés.

Cuando salí a cubierta eran las diez y media. Seguía soplando del Este pero la falta de nubes hacía pensar en un probable borneo al Norte, precedido por algún recalmón.

—¡Despertáte! —grité al subir al cockpit. Pero el Japonés no estaba en la timonera. Pensé encontrarlo en el camarote de proa, durmiendo a sus anchas desde antes del amanecer y sentí rabia porque nos había puesto, una vez más, en peligro a mí, a él y al *Chila*, que no tenía seguro.

Puteando, fui al camarote de proa: tampoco allí estaba el Japonés. Me preocupé: ¿Habría caído al mar? En ese momento imaginé que me había armado una broma. Tuve miedo.

Tratando de no hacer ruido recorrí todo el barco. Si se trataba de una broma, no debía mostrarle mi preocupación. Cantando, acompañé el tema de Nei Matogrosso que sonaba en el estéreo para disimular mi recorrida, mientras revisaba los lugares donde podría haberse ocultado. El Japonés no estaba más a bordo.

Mi primera decisión fue invertir el rumbo: controlé el compás, traía rumbo veintiuno, sumé ciento ochenta grados, resté cinco grados por la compensación magnética y puse rumbo ciento noventa y seis. Abrí velas: el viento franco me llevaba a mí solo ahora, a diez nudos y suaves ondas me empujaban de popa y por momentos invitaban al *Chila* a barrenar.

El timón automático tardó un par de minutos en habituarse al nuevo rumbo. No bien se estableció busqué los prismáticos. Quise subir al tope del palo mayor izándome con una driza, pero al llegar a la cruceta me detuve. No estaba preparado para moverme a veinte metros sobre el nivel del agua, y ya a mitad del palo, sobre la cruceta, el rolido natural del barco revoleándome casi dos metros a cada banda era demasiado para mí. Escruté todo el horizonte a proa, ni un punto a la vista.

¿Cuándo habría caído? Junto a la timonera encontré su termo de café, caliente todavía: estaba lleno. Eso probaba que el Japonés no había bebido su café de la noche. Conociendo sus hábitos tendí a convencerme de que habría caído al agua antes de las dos de la mañana porque jamás pasaba dos horas sin beber café, o té, o mate. Me tracé la rutina de otear el horizonte cada cinco minutos. En los intervalos fui tomando diversas precauciones: largué a popa un cabo de diez metros con un salvavidas, previendo una eventual caída, sin nadie a bordo para recuperarme. Revisando el equipo de seguridad encontré una de esas balizas de radio que se venden en Europa y que prometen en el folleto que una vez en el agua empiezan a emitir la señal de socorro en distintas frecuencias y con un alcance de sesenta a noventa millas. La amarré al cabo de remolque.

El transmisor de BLU no funcionaba desde Mar del Plata, pero comencé a reclamar auxilio. La luz testigo de emisión no se encendió. Conecté el pequeño transmisor de VHF en la frecuencia de socorro. De bajo alcance —quince o veinte millas— en esa zona de intenso tráfico de embarcaciones de carga no creí difícil que consiguiera algún escucha. Cuando miré el reloj, después de hacer funcionar el BLU, eran las catorce. Prendí el motor: llevándolo a media marcha ganaba unos tres nudos, valía la pena. En un libro de a bordo había visto una tabla de supervivencia en el mar. La consulté y después medí la temperatura: estábamos hacía dos días en aguas del brazo ascendente de la corriente de las Malvinas, bastante frescas: doce grados.

A las cinco, según mis cálculos, ya no tenía sentido seguir buscando. Viré, apagué el motor, restablecí las velas y retomé el rumbo veintiuno; había perdido 50 millas. Todo ese día seguí transmitiendo con el VHF. Recuerdo que no almorcé ni cené, pero me tomé el termo con café del Japonés y varias latas de jugos de frutas. La garganta se me secaba en pocos minutos por la preocupación, o la ansiedad, mientras pensaba en la familia del Japonés: el padre, paraguayo, tenía un almacén cerca de San Fernando y atendía un despacho de bebidas. A la madre nunca la conocí. Había una mujer, mayor que él. El Japonés la llevaba a veces al cine. Tengo la sensación de que sólo esporádicamente se acostaba con ella. ¿De qué hablarían? Él hablaría de barcos, de regatas, de negocios con barcos y de accidentes en regatas y ella de los problemas con sus hijos, o con el marido. ¿Qué pensarían de mí?

Eso me preocupaba: qué pensarían de mí cuando me reportase en Río anunciando que me faltaba un tripulante. Gasté el resto de la jornada planeando cómo entrar a puerto dando la imagen de una organización marinera seria y concienzuda para neutralizar cualquier sospecha de los sumariantes.

Ese atardecer no tomé la posición astral. Tenía un radiofaro a 90 grados a babor, y pude sintonizar otros de los alrededores de Río. Me manejé con esas estimaciones y con los datos de la corredera: estando solo, un error de quince o veinte millas no me importaba mucho.

Fui a dormir a las nueve y media. Comí una lata de ensalada de frutas sentado en la cucheta, el primer alimento sólido del día. Soplaban doce nudos y sin motor avanzaba en rumbo a cinco nudos. Mientras cargaba las baterías recordé mi diálogo con Kröpfl y me prometí que al día siguiente, tal vez el último de la navegación —estaba a 200 millas de Río—, tendría tiempo y ánimos para pensar una buena respuesta.

Me dormí de inmediato. Tenía el cuerpo dolorido por tantas subidas a la cruceta y por las tensiones de aquel día. Soñé con el Japonés. Sé que el sueño rememoraba nuestro pampero de Piriápolis pero al despertar había olvidado el resto de su contenido.

Desperté al amanecer. Una luz lechosa entraba por las ventanillas de estribor. A babor se veía aún la noche. Puse la pava a calentar, y preparé medio litro de café.

Comí galletas, coloqué una cassette de música de cámara, y bebí dos cafés mientras terminaba los chequeos de cabina: sobraba el combustible y la carga de las baterías, según el compás del gonio, seguía en rumbo veintiuno y, como siempre, soplaba del Este. El *Chila* hacía cuatro nudos, tal vez porque faltaban velas en proa. Decidí que no bien terminase de despertar cambiaría el genoa dos por genoa grande y que de seguir desinflándose el viento del Este pondría media máquina y derivaría, para caer sobre la costa donde siempre hay calma y se puede avanzar a una velocidad uniforme de diez nudos con máquina a pleno.

Después de tomar otra taza de café con bizcochos calcé mis botas, vestí una campera liviana y organicé una recorrida por el barco. Debía verificar que toda la maniobra estuviese en orden ahora que estaba solo. Prendí un cigarrillo y salí a cubierta. El Japonés desde timón me puteó:

—¡Boludo, ya amaneció, no se ve ni un astro, nos perdimos de nuevo la posibilidad de tener una buena posición...!

El aire fresco de la mañana y la voz del Japonés me provocaron un escalofrío, seguido de una sensación de mareo. El Japonés estaba timoneando. Volví a la cabina. ¿Alucinaba, o todo había sido un sueño? Había sido un sueño. Miré la corredera. Habíamos hecho ochocientas noventa millas desde Mar del Plata: había soñado el día anterior. Había hecho desaparecer al Japonés para largarle, en sueños, toda la rabia acumulada por su tendencia al desorden, y por la negligencia con que tomaba la disciplina de a bordo.

En la cucheta me sentí mejor. Tuve ganas de reír, creo que reí. Iba a contarle todo al Japonés, pero pensé que sería difícil explicarle mi pesadilla del lechón, los

47

sutiles procesos de elaboración onírica y los motivos de mi agresión desplazada al sueño. En cambio, preparé un desayuno...

—¿Qué querés, café o té? —le ofrecí.

—Té, mejor... Así apoliyo todo el día...

—Bueno... ¿Querés budín...?

—No, gracias... Galletitas... Ya bajo —anunció.

Desayuné por segunda vez, ahora en la dinette, frente al Japo, que a esta altura sólo deseaba llegar a Río:

—¿Cuándo llegamos? —preguntó.

—Mañana al mediodía, en el peor de los casos.

—No aguanto más... Quiero caminar por una calle... Ver gente... ¿Entendés?

—Sí... —le dije—, yo también.

Después se fue a dormir. Yo revisé la maniobra, icé una trinquetilla y cuando el viento comenzaba a desinflarse prendí el motor. Teníamos reserva de combustible para sesenta horas, sobraba.

Pasé aquel día escuchando música de cámara: Schubert, Bartok, unos de tríos de Brahms, Beethoven. A las cinco de la tarde el viento refrescó —veinticinco nudos—, y se presentó un poco más cerrado de proa. Era el momento de derivar: hice rumbo trescientos treinta. De seguir el viento como se había establecido, esa noche cubriríamos las cien millas que nos ubicarían frente a la costa de Angra, a un tirón de Río.

A las siete de la tarde despertó el Japonés y estimamos la posición. Nos faltaban sólo cien millas. Le preparé la cena mientras él trataba de despejarse. Creo que nunca pudo explicarse por qué lo atendí tanto ese último día.

A las diez tomó él la guardia y yo me encerré en el camarote a escribir. Redacté una carta para Gabriela Van Riel y trabajé durante un par de horas en el proyecto de mi respuesta a Kröpfl.

48

Le enviaría un largo comentario desde Río de Janeiro. Cerca de las dos me dormí. El Japonés dormitaba junto al timón, soplaba veinte nudos. Le recomendé que tratase de despertarme temprano. Quería tomar estimaciones de la costa que al clarear ya sería visible y no perder una sola milla para llegar a Río antes del atardecer. Tuve un sueño erótico donde aparecía confusamente Leticia —la hijita menor de mi mujer—, y desperté un par de veces medio desvelado. A las cuatro y media necesité ir al baño. Seguro que el Japonés estaría durmiendo junto al timón.

Después me dormí yo también. Cuando desperté había mucha luz en la cabina. El sol estaba alto. Salté de la cucheta y tomé café tibio de mi termo antes de poner la pava a hervir. Fui al baño. Desde la ventana se veía la costa. Prendí un cigarrillo rubio del Japonés que encontré en la repisa de los cepillos de dientes y desayuné mirando por la ventana de babor la costa. Ya habíamos superado Angra. El *Chila* avanzaba a seis nudos proa a Río. Cuando estuviese a cargo de la guardia arriaría el genoa y pondría toda máquina procurando hacer ocho o diez nudos, si el viento colaboraba un poco. Me calcé y salí a cubierta. Vi unas manchitas en el horizonte y pensé que serían las islas de la costa de Río. Teníamos la costa a diez millas a babor, estaríamos a unas treinta de Río. Y eran recién las once. Miré a proa: la cubierta del *Chila* estaba despejada y la proa cortaba el agua verde con aplomo, sin desviarse una pulgada. El Japonés había dejado el timón. Imaginé que ya estaría durmiendo en el camarote de proa y sin hacer ruido espié por su ojo de buey. No estaba. Revisé todo el barco: faltaban pocas horas para llegar a Río y el Japonés no estaba a bordo. Llevaba rumbo doscientos ochenta, perfecto. Tomé los prismáticos, y desde la proa inspeccioné el horizonte. Por momentos pensé virar, abrir las velas y perder otras cincuenta millas buscándolo. Decidí que no: mejor sería poner un poco de orden en el barco y prepararme para el interrogatorio de la prefectura de Guanabara. Intenté transmitir con el BLU. Tampoco esta vez se encendió la luz testigo de emisión. Con intervalos de diez minutos me sentaba a pedir auxilio por el VHF, algo inútil, porque nadie navega en esa zona sintonizando la frecuencia reglamentaria. Un par de veces, antes de almorzar, volví a mirar el horizonte de popa. Después me convencí de que con tanto camino recorrido, mirar hacia atrás como un imbécil no valía la pena y que lo único importante era llegar a Río con el barco en orden y armado de paciencia para soportar todas las rutinas del sumario.

1981

Muchacha Punk

En diciembre de 1978 hice el amor con una muchacha punk. Decir "hice el amor" es un decir, porque el amor ya estaba hecho antes de mi llegada a Londres y aquello que ella y yo hicimos, ese montón de cosas que "hicimos" ella y yo, no eran el amor y ni siquiera —me atrevería hoy a demostrarlo—, eran un amor: eran eso y sólo eso eran. Lo que interesa en esta historia es que la muchacha punk y yo nos "acostamos juntos". Otro decir, porque todo habría sido igual si no hubiésemos renunciado a nuestra posición bípeda, integrando eso (¿el amor?) al hábitat de los sueños: la horizontal, la oscuridad del cuarto, la oscuridad del interior de nuestros cuerpos; eso. Primera decepción del lector: en este relato yo soy yo.

Conocí a la muchacha frente a una vidriera de Marble Arch. Eran las diez y treinta, el frío calaba los huesos, había terminado el cine, ni un alma por las calles. La muchacha era rubia: no vi su cara entonces. Estaba ella con otras dos muchachas punk. La mía, la rubia, era flacucha y se movía con gracia, a pesar de su atuendo punk y de cierto despliegue punk de gestos nítidamente punk. El frío calaba los huesos, creo haberlo contado. Marcaban dos o tres grados bajo cero y el helado viento del norte arañaba la cara en Oxford Street y en Regent Street. Los cuatro —yo y aquellas tres muchachas punk— mirábamos esa misma vidriera de Selfridges. En el ambiente cálido que prometía el interior de la tienda, una computadora jugaba sola al ajedrez. Un cartel anunciaba las características y el precio de la máquina: 1.856 libras.

53

Ganaban blancas, el costado derecho de la máquina. Las negras habían perdido iniciativa, su defensa estaba liquidada y acusaban la desventaja de un peón central. Blancas venían atacando con una cuña de peones que protegía su dama, repantigada en cuatro torre rey. Cuando las tres muchachas se acercaron era turno de negras. Negras dudaron quince segundos o tal vez más; era la movida 116 o 118, y los mirones —nadie a esas horas, por el frío—, habrían podido recomponer la partida porque una pequeña impresora venía reproduciendo el juego en código de ajedrez, y un gráfico, que la máquina componía en su pantalla en un par de segundos, mostraba la imagen del tablero en cada fase previa del desenvolvimiento estratégico del juego. Las muchachas hablaron un *slang* que no entendí, se rieron, y sin prestarme la menor atención siguieron su camino hacia el oeste, hacia Regent Street.

A esas horas, uno podía mirar todo a lo largo de la ciudad arrasada por el frío sin notar casi presencia humana, salvo las tres muchachas yéndose. Cerca de Selfridges alguien debía esperar un ómnibus, porque una sombra se coló en la garita colorada de esperar ómnibus y algún aliento había nublado los cristales. Quizás el humano se hallase contra el vidrio, frotándose las manos, escribiendo su nombre, garabateando un corazón o el emblema de su equipo de fútbol; quizá no. Confirmé su existencia poco después, cuando un ómnibus rumbo a Kings Road se detuvo y alguien subió. Al pasar frente a nuestra vidriera, semivacío, pude ver que la sombra de la garita se había convertido en una mujer viejísima, harapienta, que negociaba su boleto.

Pocos autos pasaban. La mayoría taxis, a la caza de un pasajero, calefaccionados, lentos, diesel, libres. Pocos autos particulares pasaban; Daimlers, Jaguars, Bentleys. En sus asientos delanteros conducían hombres graves, maduros, sensibles a las intermitentes señales de tránsito. A sus izquierdas, mujeres ancestrales, maquilladas de party o de ópera, parecían supervisarlos. Un Rolls paró frente a mi vidriera de Selfridges y el conductor echó un vistazo a la computadora (ensayaba la jugada 127, turno de blancas), y dijo algo a su mujer, una canosa de perfil agrio y aros de brillantes. No pude oírlo: las ventanillas de cristal antibalas de estos autos componen un espacio hermético, casi masónico: insondable. Poco después el Rolls se alejó tal como había llegado y en la esquina de Glowcester Street vaciló ante el semáforo, como si coqueteara con la luz verde que recién se prendía. Primera decepción del narrador: la computadora decretó tablas en la movida 147. Si yo fuese blancas, cambiando caballo por torre y amenazando jaque en descubierto, reclamaría a negras una permuta de damas favorable, dada mi ventaja de peones y mi óptima situación posicional. Me fui con rabia: había dormido toda la tarde de aquel viernes y era temprano para meterme en el hotel. El frío calaba los huesos. Traía bajo los jeans un polar-suit inglés que había comprado para un amigo que navega a vela en Puerto Belgrano y decidí estrenarlo aquella noche para ponerlo a prueba contra el frío atroz que anunciaba la BBC. Sentía el cuerpo abrigado, pero la boca y la nariz me dolían de frío. Las manos, en los hondos bolsillos de la campera de duvet, temían tanto un encuentro con el aire helado que me obligaron a resistir a la feroz jauría de ganas de fumar, que aullaba y se agitaba detrás de la garganta, en mi interior. En mi exterior, las orejas estaban desapareciendo: tarde o temprano serían muñones, o sabañones, si no las defendía; intenté guarecerlas con las solapas de mi campera. Sin manos, llevaba las puntitas de las solapas entre los dientes y así, mordiente y frío, entré a un taxi que olía a combustible diesel y a sudor de chofer, y una vez instalado en el goce de aquel tufo tibión, nombré una esquina del Soho y prendí un cigarrillo.

Afuera, nadie. El frío calaba los huesos. El inglés, adelante, manejando, era una estatua llena de olor y sueño. Antes de bajar, verifiqué que hubiera taxis por la zona; vi varios. Pagué con un papel y sólo después de recibir el cambio abrí mi puerta. El aire frío me ametralló la cara y la papada se me heló, pues las solapas, chorreadas de saliva, habían depositado sobre mi piel una leve película de baba, que ahora me hería con sus globitos quebradizos de escarcha.

Vi poca gente en el barrio chino de Londres: como siempre, algunos árabes y africanos salían rebotando de los tugurios porno. En una esquina, un grupo de hombres —obreros, pinches de vigilancia, tal vez algunos desgraciados sin hogar— se ilusionaban alrededor de un fueguito de leñas y papeles improvisado por un negro del kiosco de diarios. Caminé las tres o cuatro cuadras del barrio que sé reconocer y como no encontré dónde meterme, en la esquina de Charing Cross abrí la puerta trasera izquierda de un taxi verde, subí, di el nombre de mi hotel, y decidí que esa noche comería en mi cuarto una hamburguesa muy condimentada y una ensalada bien salada para fortalecer la sed que tanto se merece la cerveza de Irlanda. ¡Lástima que la televisión termine tan temprano en Londres! Miré el reloj: eran las once; quedaba apenas media hora de excelente programación británica.

Conté del frío, conté del polar-suit. Ahora voy a contar de mí: el frío, que calaba los huesos, desalentaba a cualquier habitante y a cualquier visitante de la antigua ciudad, pues era un frío de lontananza inglesa, un frío hecho de tiempo y de distancia y —¿por qué no?— hecho también de más frío y de miedo, y era un frío ártico y masivo, resultante de la ola polar que venía siendo anunciada y promovida durante días en infinitos cortes informativos de la radio y la televisión. En efecto, la radio y la televisión, los diarios y las revistas y la gente, los empleados y los vendedores, los chicos del hotel y las señoras que uno conoce comprando discos —todos— no hablaban sino de la ola de frío y de la asombrosa intensidad que había alcanzado la promoción de la ola de frío que calaba los huesos. Yo soy friolento, normalmente friolento, pero jamás he sido tan friolento como para ignorar que la campaña sobre el frío nos venía helando tanto, o más aún, que la propia ola de frío que estaba derramándose sobre la semiobsoleta capital.

Pero yo estaba ya en la calle, no tenía ganas de volver a mi hotel y necesitaba estar en un lugar que no fuese mi cuarto, protegido del frío y protegido cuidadosamente de cualquier referencia al frío. Entonces vi, dos cuadras antes del hotel, un local que días atrás me había llamado la atención. Era una pizzería llamada The Lulu, que no existía en oportunidad de mi último viaje. Yo recordaba bien aquel lugar porque había sido la oficina de turismo de Rumania en la que alguna vez hice unos trámites para mis clientes italianos. Desde el taxi leí el cartel que probaba que el boliche permanecía abierto, vi clientes comiendo, noté que la decoración era mediocre pero honesta, y de las mesas y las sillas de mimbre blanco induje una noción de limpieza prometedora. Golpeé los vidrios del chofer, pagué 60 *pence*, bajé del auto y me metí en la pizzería.

Era una pizzería de españoles, con mozos españoles, patrones españoles y clientes españoles que se conocían entre sí, pues se gritaban —en español—, de mesa a mesa, opiniones españolas y frases triviales en español. Me prometí no entrar en ese juego y en mi mejor inglés pedí una pizza de espinaca y una botella chica de vino Chianti. El mozo, si ya había padecido un plazo razonable de exilio en Londres, me habrá supuesto un viajero del continente, o un nativo de una colonia marginal del Commonwealth, tal vez un malvinero. Yo traía en el bolsillo de la campera la edición aérea del diario *La Nación*, pero evité mostrarla para no delatar mi carácter hispanoparlante. El Chianti —embotellado en Argel— era delicioso: entre él y el aire tibio del local se estableció una afinidad que en tres minutos me redimió del frío. Pero la pizza era mediocre, dura y desabrida. La mastiqué feliz, igual, leyendo mis recortes del *Financial Times* y la revista de turismo que dan en el hotel. Tuve más hambre y pedí otra pizza, reclamando que le echasen más sal. Esta segunda pizza fue mejor, pero el mozo me había mirado mal, tal vez porque me descubrió estudiando sus movimientos, perplejo a causa de la semejanza que puede postularse en un relato entre un mozo español de pizzería inglesa, y cualquier otro mozo español de pizzería de París, o de Rosario. He elegido Rosario para no citar tanto a Buenos Aires. Querido.

Masqué la pizza número dos analizando la evolución de los mercados de metales en la última quincena; un disparate. Los precios que la URSS y los nuevos ricos petroleros seguían inflando con su descabellada política de compras no auguraban nada bueno para Europa Occidental. Entonces aparecieron las tres muchachas punk. Eran las mismas tres que había visto en Selfridges. La mía eligió la peor mesa junto a la ventana; sus amigotas la siguieron. La gorda, con sus pelos teñidos color zanahoria, se ubicó mirando hacia mi mesa. La otra, de estatura muy baja y con cara de sapo, tenía pelos teñidos de verde y en la solapa del gabán traía un pájaro embalsamado que pensé que debía ser un ruiseñor. Me repugnó. Por fortuna, la fea con pájaro y cara de sapo se colocó mirando hacia la calle, mostrándome tan sólo la superficie opaca de la espalda del grasiento gabán. La mía, la rubia, se posó en su sillita de mimbre mirando un poco hacia la gorda, un poco hacia la calle: yo sólo podía ver su perfil mientras comía mi pizza y procuraba imaginar cómo sería un ruiseñor.

Un ruiseñor: recordé aquel soneto de Banchs. El otro tipo también decía llamarse Banchs y era teniente de corbeta o fragata. Era diciembre; lo había cruzado muchas veces durante el año que estaba terminando. Esa misma mañana, mientras tomaba mi café, se había acercado a hablarme de no sé qué inauguración de pintores, y yo le mencioné al poeta, y él, que se llamaba Banchs, juró que oía nombrar al tal Enrique Banchs por primera vez en su vida. Entonces comprendí por qué el teniente desconocía la existencia de los polar-suit (al ver mi paquetito con el Helly Hansen se había asombrado) y también entendí por qué recorría Europa derrochando sus dólares, tratando de caer simpático a todos los residentes argentinos y buscando colarse en toda fiesta donde hubiese latinoamericanos. Fumaba Gitanes; también en esto se parecía al Nono.

Jamás vi un ruiseñor. Pero cuando estaba por terminar la pizza, desde atrás me vino un vaho de musk. Miré. La más fea de las gallegas de la mesa del fondo estaba sentándose. Vendría del baño; habría rociado todo su horrible cuerpo con un vaporizador de Chanel, o de Patou, o de alguna marquita de esas que ahora le agregan musk a todos sus perfumes. ¿Cómo sería el olor de mi muchacha punk? Yo mismo, como el tal Banchs, me había condenado a averiguar y averiguar; faltaba bien poco para finiquitar la pizza y el asuntito de las cotizaciones de metales. Pero algo sucedía fuera de mi cabeza.

Los dueños, los mozos y los otros parroquianos, en su totalidad o en su mayoría españoles, me miraban. Yo era el único testigo de lo que estaban viendo y eso debió aumentar mi valor para ellos. Tres punks habían entrado al local, yo era el único no español capaz de atestiguar que eso ocurría, que no las habían llamado, que ellos no eran punk y que no había allí otro punk salvo las tres muchachas punk y que ningún punk había pisado ese local desde hacía por lo menos un cuarto de hora. Sólo yo estaba para testimoniar que la mala pizza y el excelente vino del local no eran desde ningún punto de vista algo que pudiera considerarse punk. Por eso me miraban, para eso parecían necesitarme aquella vez.

Trabado para mirar a mi muchacha —pues la forma de la de pájaro embalsamado y cara de sapo la tapaba cada vez más— me concentré sobre mi pizza y mi lectura desatendiendo la demanda de complicidad de tantos españoles. Al terminar la pizza y la lectura, pedí la cuenta, me fui al baño a pishar y a lavarme las manos y allí me hice una larga friega con agua calentísima de la canilla. Desde el espejo, miré contento cómo subían los tonos rosados de los cachetes y la frente reales. Habían vuelto a nacer mis orejas; fui feliz.

Al volver, un rodeo injustificable me permitió rozar la mesa de las muchachas y contemplar mejor a la mía: tenía hermosos ojos celestes casi transparentes y el ensamble de rasgos que más me gusta, esos que se suelen llamar "aristocráticos", porque los aristócratas buscan incorporarlos a su progenie, tomándolos de miembros de la plebe con la secreta finalidad de mejorar o refinar su capital genético hereditario. ¡Florecillas silvestres! ¡Cenicientas de las masas que engullirán los insaciables cromosomas del señor! ¡Se inicia en vuestros óvulos un viaje al porvenir soñado en lo más íntimo del programa genético del amo!

Es sabido, en épocas de cambio, lo mejor del patrimonio fisiognómico heredable (esas pieles delicadas, esos ojos transparentes, esas narices de rasgos exactos "cinceladas" bajo sedosos párpados y justo encima de labios y de encías y puntitas de lengua cuyo carmín perfecto titila por el mundo proclamando la belleza interior del cuerpo aristocrático) se suele resignar a cambio de un campo en Marruecos, la mayoría accionaria del Nuevo Banco Tal o Cual, una Acción Heroica en la guerra pasada o un Premio Nacional de Medicina, y así brotan narices chatas, ojos chicos, bocas chirlonas y pieles chagrinadas en los cuerpitos de las recientes crías de la mejor aristocracia, obligando a las familias aristocráticas a recurrir a las malas familias de la plebe en busca de buena sangre para corregir los rasgos y restablecer el equilibrio estético de las generaciones que catapultarán sus apellidos y un poco de ellas mismas, a vaya a saber uno dónde en algún improbable siglo del porvenir.

La chica me gustó. Vestía un traje de hombre de tres o más números mayor que su talle. De altura normal, no pesaría más de 44 kilos. Su piel tan suave (algo de ella me recordó a Grace Kelly, algo de ella me recordó a Catherine Deneuve) era más que atractiva para mí. Calzaba botitas de astrakán perfectas, en contraste con la rasposa confección de su traje de lana. Una camisa de cuello Oxford se le abría a la altura del busto mostrando algo que creí su piel y comprobé después que era una campera de gimnasta. Ella, a mí, ni me miró. Pero en cambio, su amiga, la más gorda, la del pelo teñido color naranja, venía emitiendo una onda asaz provocativa. No quise sugerir sexual: provocativo, como buscando riña, como buscando o planificando un ataque verbal, como buscando una humillación, como ella misma habría mirado a un oficial de la policía inglesa. Así mirábame la gorda de pelo zanahoria. La mía, en cambio, no me miraba. Pero...

...Tampoco miraba a sus acompañantes. Miraba hacia la calle vacía de transeúntes, con las pupilas extraviadas en el paso del viento. Así me dije: "se pierde su mirada pincelando el frío viento de Oxford Street". Era etérea. Esa nota, lo etéreo, es la que mejor habría definido a mi muchacha para mí, de no mediar aquellas actitudes punk y los detalles punk, que lucía, punk, como al descuido, negligentemente punk, ella. Por ejemplo: fumaba cigarrillos de hoja; los tomaba con el gesto exultante de un europeo meridional, pitaba fuerte el humo y lo tiraba insidiosamente contra el cristal de la vidriera. Al pasar por su mesa había visto en sus manos una mancha amarilla, azafranada, de alquitrán de tabaco. ¡Y jamás vi manitas sucias de alquitrán de tabaco como las de mi muchachita punk! El índice, el mayor y el anular de su derecha, desde las uñas hasta los nudillos, estaban embebidos de ese amarillo intenso que sólo puede conseguir algún gran fumador para la primera falange del dedo índice, tras años de fumar y fumar evitando lavados. Me impresionó. Pero era hermosa, tenía algo de Catherine Deneuve y algo de Isabelle Adjani que en aquel momento no pude definir: me estaba confundiendo. Pagué la cuenta, eché las rémoras de mi botella de Chianti en la copa verde del restaurante, y copa en mano —so british—, como si fuese un parroquiano de algún pub confianzudo, me apersoné a la mesa de las muchachas punk asumiendo los riesgos. Antes de partir había calculado mi chance: una en cinco, una en diez en el peor de los casos; se justificaba. Voy a contarlo en español:

—¿Puedo yo sentarme?

Las tres punk se miraron. La gorda punk acariciaba su victoria: debió creer que yo bajaba a reclamar explicaciones por sus miradas punk provocativas. Para evitar un rápido rechazo me senté sin esperar respuestas. Para evitar desanimarme eché un trago de vino a mi garguero. Para evitar impresionarme miré hacia arriba, expulsando de mi campo visual al pajarito embalsamado. La gorda reía. La punk mía miró a la del pelo verde, miró a la gorda, sopló el humo de su cigarro contra la nada, no me miró, y sin mirarme tomó un sorbito de aquella mezcla de Coca-Cola y Chianti que estuvo preparando en la página anterior, pero que yo, con esta prisa por escribirla, había olvidado registrar. Habló la punk con pájaro, la sapifacial:

—¿Qué usted quiere?

—Nada, sentarme... Estar aquí como una sustancia de hecho... —dije en cachuzo inglés.

Sin duda mi acento raro acicateó los deseos de saber de la gorda:

—¿Dónde viene usted de...? —ladró. La pregunta era fuerte, agresiva, despectiva.

—De Sudamérica... Brasil y Argentina —dije, para ahorrarles una agobiante explicación que llenaría el relato de lugares comunes. Me preguntaba si era inglés: se asombraba. "¿Cómo puede venir uno de Brasil y Argentina sin ser británico?", imaginé que habría imaginado ella. ¿Sería un inglés?

—No. Soy sudamericano, lamentado —dije.

—Gran campo Sudamérica —se ensañaba la gorda.

—Sí: lejos. Así, lejos. Regresaré mes próximo —le respondí.

—Oh sí... Yo veo —dijo la gorda mirando fijo a la cara de sapo que hamacó su cabeza como si confirmase la más elaborada teoría del universo. Entonces habló por vez primera y sólo para mí mi Muchacha Punk. Tenía voz deliciosa y tímbrica en este párrafo:

—¿Qué usted hace aquí? —quiso saber su melodía verbal.

—Nada, paseo —dije, y recordé un modelo que siempre marchó bien con beatniks y con hippies y que pensé que podía funcionar con punks. Lo puse a prueba:

—Yo disfruto conocer gente y entonces viajo... conocer gente, me entiende... viajar... conocer... ¡gente!... eh... así... gente...

Funcionó: la carita de mi Muchacha Punk se iluminaba.

—Yo también amo viajar —fue desgranando sin mirarme—. Conozco África, India y los Estados (se refería a USA). Yo creo que yo conozco casi todo. ¡Yo no he ido nunca yo a Portugal! ¿Cómo es Portugal? —me preguntó.

Compuse un Portugal a su medida: —Portugal es lleno de maravilla... Hay allí gente preciosamente interesante y bien buena. Se vive una ola en completo distinta a la nuestra...

Seguí así, y ella se fue envolviendo en mi relato. Lo percibí por la incomodidad que comenzaban a mostrar sus punks amigas. Lo confirmé por esa luz que vi crecer en su carita aristocráticamente punk. Susurraba ella:

—Una vez mi avión tomó suelo en Lisboa y quise yo bajar, pero no permitieron —dijo—: Encuentro que la gente del aeropuerto de Lisboa son unos cerdos sucios hijos de perra. ¿Es no, eso, Lisboa, Portugal? —La duda tintineaba en su voz.

—Sí —adoctriné—, pero en todos los aeropuertos son iguales: son todos piojosos malolientes sucios hijos de perra.

—Como los choferes de taxi, así son —me interrumpió la gorda, sacudiendo el humo de su Players.

—Como los porteros del hotel, sucios hijos de perra —concedió la pajarófora gorda cara de sapo, quieta.

—Como los vendedores de libros —dijo la mía—. ¡Hijos de perra! —Y flotaba en el aire, etérea.

—Sí, de curso —dije yo, festejando el acuerdo que reinaba entre los cuatro. Entonces ocurrió algo imprevisto; la de pelo verde habló a la gorda:

—Deja nosotros ir, dejemos a éstos trabajar en lo suyo, eh... —y desenrolló un billete de cinco libras, lo apoyó en el platillo de la cuenta, se paró y se marchó arrastrando en su estela a la cara de sapo. Bien había visto yo que ellas habían consumido diez o quince libras, pero dejé que se borraran, eso simplificaba la narración.

—Bay, Maradona —me gritó la cara de sapo desde la vereda, amagando sacar de su cintura una inexistente espadita o un puñal; entonces me alegré de ver tanta fealdad hundiéndose en el frío, y me alegré aun más, pensando que asistía a otra prueba de que el prestigio deportivo de mi patria ya había franqueado las peores fronteras sociales de Londres. Pregunté a mi muchacha por qué no las había saludado:

—Porque son unas cerdas sucias hijas de perra. ¿Ve? —dijo mostrándome los billetitos de cinco libras que iba sacando de su bolsillo para completar el pago de la cuenta. Asentí.

Como un cernícalo, que a través de las nubes más densas de un cielo tormentoso descubre los movimientos de su pequeña presa entre las hierbas, atraído por el fluir de las libras, un mozo muy gallego brotó a su lado, frente a mí. Guiñó un ojo, cobró, recibió los pocos penns de propina que mi muchacha dejó caer en su platillo, y yo pedí otra botella de Chianti y dos de Coke y ella me devolvió un hermoso gesto: abrió la boca, frunció un poquito la nariz, alzó la ceja del mismo lado y movió la cabeza como queriendo devolver la pelota a alguien que se la habría lanzado desde atrás. Conjeturé que sería un gesto de acuerdo. Poco después, su manera golosa de beber la mezcla de vino y Coca-Cola, acabó confirmándome aquella presunción de momento: todo había sido un gesto de acuerdo.

Me contó que se llamaba Coreen. Era etérea: al promediar el diálogo sus ojos se extraviaban siguiendo tras la ventana de la pizzería española de Graham Avenue al viento de la calle. Tomamos dos botellas de Chianti, tres de Coke. Ella mezclaba esos colores en mi copa. Yo bebía el vino por placer y la Coke por la sed que habían provocado la pizza, el calor del local y este mismo deseo de averiguar el desenlace de mi relato de la Muchacha Punk. La convidé a mi hotel. No quiso. Habló:

—Si yo voy a tu hotel, tendrás que a ellos pagar mi permanencia. Es no sentido —afirmó y me invitó a su casa. Antes de salir pagamos en alícuotas todo lo bebido; pero yo necesito hablar más de ella. Ya escribí que tenía rasgos aristocráticos. A esa altura de nuestra relación (eran las 12.30, no había un alma en la calle, el frío inglés del relato, calaba, los huesos, argentinos, del narrador), mi deseo de hacerla mía se había despojado de cualquier snobismo inicial. Mi Muchacha —aristocrática o punk, eso ya no importaba—, me enardecía: yo me extraviaba ya por ese ardor creciente, ya era un ciego, yo. Yo era ya el cuerpo sin huellas digitales de un ahogado que la corriente, delatora, entra boyando al *fjord* donde todo se vuelve nada. Pero antes, cuando la vi frente a mi vidriera de Selfridges había notado detalles raros, nítidamente punk, en su tenue carita: su mejilla izquierda estaba muy marcada, no supe entonces cómo ni por qué, y el lado derecho de su cara tenía una peculiaridad, pues sobre el ala derecha de su nariz, se apoyaba —creí— una pieza de metal dorado (creí) que trazando una comba sobre la mejilla derecha ascendía hasta insertarse en la espiga de trigo, que creí dorada, afeando el lóbulo de su oreja a la manera de un arete de fantasía. Del tallo de esa espiga, de unos dos centímetros, colgaba otra cadena, más gruesa, que caía sobre su cuello libremente y acababa en la miniatura de la lata de Coke, de metal dorado y esmalte rojo que siempre iba y venía rozándole los rubios pelos, el hombro, y el pecho, o golpeaba la copa verde provocando una música parecida a su voz, y algunas veces se instalaba, quieta, sobre su hermosa clavícula blanca, curvada como el alma de una ballesta, armónica como un lance de taichi. Durante nuestra charla aprendí que lo que había creído antes metal dorado era oro dieciocho kilates, y descubrí que lo que había creído un grano de maíz de tamaño casi natural aplicado sobre el ala de su nariz era una pieza de oro con forma de grano de maíz y tamaño casi natural, sostenido por un mecanismo de cierre delicadísimo, que atravesaba sin pudor y enteramente la alita izquierda de su bella nariz. Ella misma me mostró el orificio, haciendo un poco de palanca con la uña azafranada de su índice, entre el maíz y la piel, para lucir mejor su agujerito en forma de estrella, de unos cuatro milímetros de diámetro. ¡Estaba chocha de su orificio...! Del lado izquierdo, lo que temprano en Oxford Street me había parecido una marca en su mejilla, era una cicatriz profunda, de unos tres centímetros de largo, que parecía provocada por algo muy cortante. Surcaban ese tajo tres costuras bien desprolijas, trabajo de un aficionado, o de algún practicante de primer año de medicina más chapucero que el común de los practicantes de medicina ingleses y en ausencia de los jefes de guardia. Segunda decepción del narrador: la cicatriz de la izquierda, a diferencia de las cositas de oro de su lado derecho, era falsa. La había fraguado un maquillador y mi muchachita se apenaba, pues había comenzado a deshacerse por la humedad y por el frío y ahora necesitaba un service para recuperar su color y su consistencia originales.

Poco antes de irnos, ella fue al baño y al volver me sorprendió cavilando en la mesa:

—¿Cuál es el problema con tú? —me preguntó en inglés—. ¿Qué eres tú pensando?

—Nada —respondí—. Pensaba en este frío maldito que estropea cicatrices...

Pero mentí: yo había pensado en aquel frío sólo por un instante. Después había mirado la calle que se orientaba hacia la nada, y había tratado de imaginar qué andaría haciendo la poca gente que, de cuando en cuando, producía breves interrupciones en la constancia de aquel paisaje urbano vacío. Toqué el cristal helado; olí los bordes de la copa verde de ella para reconocer su olor, y volví a pensar en las figuras que iban pasando tras los cristales, esfumadas por el vapor humano de la pizzería. Entonces quise saber por qué cualquier humano desplazándose por esas calles, siempre me parecía encubrir a un terrorista irlandés, llevando mensajes, instrucciones, cargas de plástico, equipos médicos en miniatura y todo eso que ellos atesoran y mudan, noche por medio, de casa en casa, de local en local, de taller en taller, y hasta de cualquier sitio en cualquier otro sitio. "¿Por qué?" —me preguntaba— "¿Por qué será?" Trataba de entender, mientras mi bella Muchachita estaría cerquísima pishando, o lavándose con agua tibia, y cuando apenas tironeé del hilito de la tibieza de su imagen, estalló en mil fragmentos una granada de visiones y asociaciones íntimas, intensas, pero por mías, por argentinas y por inconfesables, poco leales hacia ella.

¿Hay Dios? No creo que haya Dios, pero algo o alguien me castigó, porque cuando advertí que estaba siendo desleal e innoble con mi Muchachita Punk y sentí que empezaba a crecer en mi cuerpo —o en mi alma—, la deliciosa idea del pecado, cruzó por la vidriera la forma de un ciclista, y lo vi pedalear suspendido en el frío y supe que ése era el hombre cuyo falso pasaporte francés ocultaba la identidad del ex jesuita del IRA que alguna vez haría estallar con su bomba de plástico el pub donde yo, esperando a algún burócrata de BAT, encontraría mi fin y entonces cerré los ojos, apreté los puños contra mis sienes y la vi pasar a ella apurada por la vereda del pub, zafé de allí, corrí tras ella respirando el aire libre y perfumado de abril en Londres, y en el instante de alcanzarla sentimos juntos la explosión, y ella me abrazaba, y yo veía en sus ojos —dos espejos azules— que ese hombre que rodeaban los brazos de mi Muchacha Punk no era más yo, sino el jesuita de piel escarbada por la viruela, y adiviné que pronto, entre pedazos de mampostería y flippers retorcidos, Scotland Yard identificaría los fragmentos de un autor que jamás pudo componer bien la historia de su Muchacha Punk. Pero ella ahora estaba allí, salía del texto y comenzaba a oír mi frase:

—Nada... pensaba en este frío maldito que arruina cicatrices... —oía ella.

Y después inclinaba la cabeza (¡chau irlandeses!), me clavaba sus espejos azules y decía "gracias", que en inglés ("agradecer tú", había dicho en su lengua con su lengua), y en el medio de la noche inglesa, me hizo sentir que agradecía mi solidaridad; yo, contra el frío, luchando en pro de la conservación de su preciosa cicatriz, y que también agradecía que yo fuera yo, tal como soy, y que la fuera construyendo a ella tal como es, como la hice, como la quise yo.

Debió advertir mis lágrimas. Justifiqué:

—Tuve gripe... además... ¡El frío me entristece, es un bajón...! "¡It downs me!" —traduje—. ¡Eso abájame! ¡Vayamos al hotel! —dije yo, ya sin lágrimas.

—¡Hotel no! —dijo ella, la historia se repite.

No insistí. Entonces no sabía —sigo sin saber—, cómo puede alguien imponer su voluntad a una muchacha punk. Salimos al frío: calaba. Los huesos. Ni un alma. Por las calles. Llamé a un taxi. Él no paró. Pronto se acercó otro. Se detuvo y subimos. Olía a transpiración de chofer y a gasoil. Mi Muchacha nombró una calle y varios números. Imaginé que viviría en un barrio bajo, en una pocilga de subsuelo, o en un helado altillo y calculé que compartiría el cuarto con media docena de punks malolientes y drogados, que a esa altura de la noche se arrastrarían por el suelo disputando los restos de la comida, o, peor, los restos de una hipodérmica sin esterilizar que circularía entre ellos con la misma arrogante naturalidad con que nuestros gauchos se dejan chupar sus piorreicas bombillas de mate frío y lavado. Me equivoqué: ella vivía en un piso paquetísimo, frente a Hyde Park. En la puerta del edificio decía "Shadley House". En la puerta de su apartamento —doble batiente, de bronce y de lujuria— decía "R. H. Shadley".

—Es la casa de mi familia —dijo humilde mi Punk y pasamos a una gran recepción. A la derecha, la sala de armas conservaba trofeos de caza y numerosas armas largas y cortas se exhibían junto a otras, más medianas, en mesas de cristal y en vitrinas. A la izquierda, había un salón tapizado con capitoné de raso bordeaux que brillaba a la luz de tres arañas de cristal grandes como Volkswagens. El pasillo de entrada desembocaba en un salón de música, donde sonaban voces. Al pasar por la puerta ella gritó "hello" y una voz le devolvió en francés una ristra de guarangadas. Detrás pasaba yo, las escuché, memoricé nuestra oración "queterrecontra" y con una mirada relámpago, busqué la boca sucia y gala en el salón. No la identifiqué. En cambio vi dos pianos, una pequeña tarima de concierto, varios sillones y dos viejos sofás enfrentados. Entre ellos, sobre almohadones, media docena de punks malolientes fumaban haschich disputando en francés por algo que no alcancé a entender. Un negro desnudo y esquelético yacía tirado sobre la alfombra purpúrea. Por su flacura y el color verdoso de su piel me pareció un cadáver, pero después vi sus costillas que se movían espasmódicamente y me tranquilicé: epilepsia. Imaginé que el negro punk entre sus sueños estaría muriéndose de frío, pero no sería yo quien abrigase a un punk esa noche de perros, estando él, punk, reventado de droga punk entre tantos estúpidos amigos punk.

Copamos la cocina. Mi Muchacha me dijo que los batracios del salón de música eran "su gente" y mientras trababa la puerta me explicó que estaban enculados ("angry", dijo) con ella, porque les había prohibido la entrada a la cocina. Ellos argumentaban que era una "zorra mezquina", creyendo que la veda obedecía a su deseo de impedir depredaciones en heladeras y alacenas, pero el motivo eran las quejas y los temores de los sirvientes de la casa, que en varias oportunidades habían topado contra semidesnudos punks que comían con las manos en un área de la casa que el personal consideraba suya desde hacía tres generaciones y en la que siempre debían reinar las leyes de El Imperio. Ese día había recibido nuevas quejas del ama de llaves, pues uno de los punks, el marroquí, había estado toqueteando las armas automáticas de la colección y cuando el viejo mayordomo lo reprendió, el punk le había hecho oler una daga beduina, que siempre llevaba pegada con cinta adhesiva en su entrepierna. Coreen estaba entre dos fuegos y muy pronto tendría que elegir entre sus amigos y la servidumbre de la casa. Vacilaba:

—Son unos cerdos malolientes hijos de perra —me dijo refiriéndose a los dos franceses, el marroquí, el sudanés y el americano, quien además —contó— tenía "costumbres repugnantes".

No pude saber cuáles, pero me senté en un banquito a imaginar media docena de posibilidades punk, mientras ella filtraba un delicioso café con canela. Cuando la cafetera ya borboteaba, me contó que aquel departamento había sido de los abuelos de su madre, que era una crítica de museos que trabajaba en New York. El padre, veinte años mayor, se había casado por prestigio, tomando el apellido de la mujer cuando lo hicieron caballero de la reina vieja en recompensa de sus servicios de espía, o policía, en la India. Vinculado a la compañía de petróleo del gobierno, el viejo había hecho una apreciable fortuna y ahora pasaba sus últimos años en África, administrando propiedades. Mi Muchacha Punk lo admiraba. También admiraba a su madre. No obstante, al referirse a las relaciones de los dos viejos con ella y con su hermana mayor, puntualizó varias veces que eran unos "hijos de perra malolientes". Creí entender que había un banco encargado de los gastos de la casa, los sueldos de los sirvientes y choferes y las cuentas de alimentos, limpieza e impuestos, y que las dos muchachas —la mía y su hermana— recibían cincuenta libras. "Cerdos malolientes", había vuelto a decir tocándose la cicatriz y explicando que el service —que en tiempos de humedad debía realizarse semanalmente— le costaba veinticinco libras, y que así no se podía vivir. Pedía mi opinión. Yo preferí no tomar el partido de sus padres, pero tampoco quise comprometerme dando a su posición un apoyo del que, a mí, moralmente, no me parecía merecedora. Entonces la besé.

Mientras bebía el café la muchacha salió a arreglar algunos asuntos con sus amigos. Yo aproveché para mirar un poco la cocina: estábamos en un cuarto piso, pero uno de los anaqueles se abría a un sótano de cien o más metros cuadrados que oficiaba de bodega y depósito de alimentos. Había jamones, embutidos y ciento cuarenta y cuatro cajas con latas de bebidas sin alcohol y conservas. Vi cajones de whisky, de vinos y champañas de varias marcas. Contra la pared que enfrentaba a mi escalera, dormían millares de botellas de vino, acostadas sobre pupitres de madera blanca muy suave. Había olor a especias en el lugar. Calculé un stock de alimentos suficiente para que toda una familia y sus amigos argentinos sitiados pudiesen resistir el asedio del invasor normando por seis lunas, hasta la llegada de los ejércitos libertadores del Rey Charles, y al avanzar los atacantes, obligándonos a lanzar nuestras últimas reservas de bolas de granito con la gran catapulta de la almena oeste, apareció otra vez mi princesita punk, que repuesta del fragor del combate, volvía a trabar la puerta con dos vueltas de llave y me miraba, carita de disculpa.

Yo dije, por decir, que me parecía justificado el temor de sus sirvientes. "Nunca se sabe", dije en español, y le aclaré en inglés "es no fácil saber". Ella se encogió de hombros y dijo que sus amigos eran capaces de cualquier cosa, "como pobre Charlie". Quise saber quién era "pobre Charlie" y me contó que era un pariente, que se había hecho famoso cuando arrancó las orejas de una bebita en Gilderdale Gardens pero que ahora envejecía olvidado en un asilo cercano a Donndall, fingiéndose loco, para evitar una condena.

Entonces volvió a preguntar mi nombre y el de mis padres y se rió. También volvió a hablarme de su cicatriz que había costado cincuenta libras: el precio de su pensión semanal, "como una sustancia de hecho". El banco le liquidaba cincuenta libras por semana a mi Muchacha y otras tantas a su hermana mayor, pero el maquillaje requería service. (Estoy seguro de haberlo escrito, pero ella volvía a contármelo y yo soy respetuoso de mis protagonistas. El arte —pienso— debe testimoniar la realidad, para no convertirse en una torpe forma de onanismo, ya que las hay mejores.) Necesitaba service la cicatriz y le impedía, entre otras cosas, la práctica de natación y de esquí acuático. Coreen adoraba el esquí y las largas estadías al aire libre en tiempo de humedad y me invitó con un cigarrillo de marihuana: un *joint*. Lo rechacé porque había bebido mucho, me sentía ebrio de planes, y no quería que una caída súbita de mi presión los echara a perder.

Mi Muchacha empapaba el papel de su pequeño *joint* con un líquido untuoso que guardaba en la miniatura de Coke de su colgante de oro. "Aceite de heroína", explicó. Ella había sido adicta y friendo ese juguito que

impregnaba el papel y la yerba tranquilizaba sus deseos.
Hacía un año que venía abandonando el hábito, temía
recaer en los pinchazos que habían matado a sus mejores
amigos una noche en París —septicemia— y ahora quería curarse y salir de aquello porque su pensión no le
alcanzaba para solventar el hábito: ya bastantes problemas le traía el service de su maquilladora. Después volvió a dejarme solo en la cocina, fue al baño y yo robé del
sótano una lata de queso cammembert, y a medida que
me lo iba comiendo con mi cuchara de madera, hice una
recorrida por las dependencias de la cocina: arte testimonial. Amén de varios hornos verticales, y un gran hogar
revestido de barro para hacer pan en la sala contigua
tenían una máquina de asar eléctrica, con un spiedo que
mediría tres metros de ancho por uno de circunferencia.
Calculé que un pueblo en marcha hacia la liberación podía asar allí media docena de misioneros mormones ante
un millar de fervientes watussi desesperados por su alí-
cuota de dulzona carne de misionero mormón rotí. Más
allá de la sala estaba el depósito de tubos de gas, leñas,
carbón y especias. Olía a ajo el lugar, pero no vi ajo sino
ramas de laurel y bolsas de yute con hierbas aromáticas
que no supe calificar. ¿Romero? ¿Peter Nollys? ¿Kelp-
sias? ¡Vaya uno a distinguir las sofisticadas preferencias
de esos maniáticos magnates británicos...!
    Cuando Coreen —mi Muchacha Punk, dueña y se-
ñora de la casa— volvía del baño, trabó la puerta que
separaba la cocina del office —al que ella llamaba "hogar" en inglés— de los salones donde seguían gritándose
barbaridades sus amigos. Ignoro lo que habrán dicho
ellos, pero como resumen dijo que eran unos piojosos
hijos de perra; grave. Prendió otro *joint* con la brasa de
mis 555, y —¡Achalay!— nos fuimos con él a apestar el
dormitorio de su hermana, donde dormiríamos, pues el
suyo venía desordenado de la tarde anterior.
    El pasillo que llevaba a los cuartos estaba custodia-
do por grandes cuadros que parecían de buena calidad.

Reparé en el piso: listones de roble enteros se extendían a lo largo de quince o veinte metros. Sin alfombra ni lustre alguno, la madera blanca repulida me evocó la cubierta de aquellos clippers que se hacía construir la pandilla de nobles que rondaba a Disraeli para gastar sus vacaciones en Gibraltar. ¡Un derroche! El cuarto de la hermana era amplio, sobriamente alfombrado, y en un rincón había una piel de tigre; en otro, una de cebra Viel y otras pieles gruesas que supuse serían de algún lanar exótico, pues eran más grandes que las pieles de las ovejas más grandes que mis ojos han visto y que las que cualquier humano podría imaginar con o sin *joints* embebidos en sustancias equis.

Nos acostamos. Tercera decepción del narrador: mi Muchacha Punk era tan limpia como cualquier chitrula de Flores o de Belgrano R. Nada previsible en una inglesa y en todo discordante con mis expectativas hacia lo punk. ¡Las sábanas...! ¡Las sábanas eran más suaves que las del mejor hotel que conocí en mi vida! Yo, que por mi antigua profesión solía camuflarme en todos los hoteles de primera clase y hasta he dormido —en casos de errores en las reservas que de ese modo trataron los gerentes de reparar— en suites especiales para noches de bodas o para huéspedes VIP, nunca sentí en mi piel fibras tan suaves como las de esas sábanas de seda suave, que olían a lima o a capullitos de bergamota en vísperas de la apertura de sus cálices.

Tercera decepción del lector: Yo jamás me acosté con una muchacha punk. Peor: yo jamás vi muchachas punk, ni estuve en Londres, ni me fueron franqueadas las puertas de residencias tan distinguidas. Puedo probarlo: desde marzo de 1976 no he vuelto a hacer el amor con otras personas. (Ella se fue, se fue a la quinta, nunca volvió, jamás volvió a llamarme. La franquean otros hombres, otros. Nos ha olvidado; creo que me ha olvidado).

Cuarta decepción del narrador: no diré que era virgen, pero era más torpe que la peor muchacha virgen del

74

barrio de Belgrano o de Parque Centenario. Al promediar eso (¿el amor?) se largó a declamar la letanía bien conocida por cualquier visitante de Londres: "ai camin ai camin ai camin ai camín ai camín", gritaba, gritaba, gritaba, sustituyendo los conocidos "ai voi ai voi ai voi ai voi" de las pebetas de mi pago, que sumen al varón en el más turbado pajar de dudas sobre la naturaleza de ese sitio sagrado hacia el que dicen ir las muchachas del hemisferio sur y del que creen venir sus contrapartidas británicas. Pero uno hace todo esto para vivir y se amolda. ¡Vaya si se amolda! Por ejemplo: Y después se durmió. Habrá sido el vino o las drogas, pero durmió sonriendo, y su cuerpo fue presa de una prodigiosa blandura. Miré el reloj: eran las 5.30 y no podía pegar un ojo, tal vez a causa del café, o de lo que agregamos al café. Revisé los libros que se apilaban en la mesa de luz del cuarto de la hermana de mi Muchacha Punk. ¡Buenos libros! Blake, Woolf, Sollers: buena literatura. ¡Cortázar en inglés! (¡Hay que ver en una de esas camas señoriales lo que parece el finado Cortázar puesto en inglés!) Había manuales de física y muchos números de revistas de ciencias naturales y de Teoría de los Sistemas. Separé algunas para informarme qué era esa teoría que yo desconocía pero que justificaba una publicación mensual que ya iba por el número ciento treinta y cuatro. Las miré. Interesante: enriquecería mi conversación por un tiempo.

Andaba en eso cuando llegó la hermana de mi Muchacha Punk con su novio. La chica dijo llamarse Dianne y era naturista, marxista, estudiaba biología, odiaba las drogas, despreciaba a los punks y no tomó nada bien que estuviésemos acostados en su cuarto, pero disimuló.

Cuando le hablé, su expresión se hizo aún más severa como reprochando que un desnudo, desde su propia cama, se dirigiese a ella en ese inglés tan choto. No le gusté y ella no pudo disimularlo más. En cambio el novio me mostró simpatía. Era estudiante de biología, naturista, marxista, odiaba profundamente a las punks y manifestó un intenso desprecio hacia las drogas y sus clientes. Creo que de no haber mediado el episodio del encuentro y la irritación de su novia, habríamos podido entablar una provechosa amistad. Me convidaron con sus frutas, algo muy delicioso, parecido al níspero y tan refrescante, que erradicó de mis encías el gustito a Coreen. Ella, a pesar de nuestra conversación en voz muy alta, mis gritos angloargentinos, mis carcajadas y los mendrugos de risa que alguno de mis chistes lograron de la bióloga, no despertaba. Dije a los chicos que me vestiría y que debía partir pues me esperaban en mi hotel. Ellos dijeron que no era necesario, que siempre dormían en el suelo por motivos higiénicos y que yo podía seguir leyendo, pues "la luz de la luz no nos molesta". Así dijeron. Se desnudaron, se echaron sobre una piel de oso y se cubrieron hasta los ojos con una manta hindú. De inmediato entraron en un profundo sueño y los vi dormir y respirar a un mismo ritmo, boca arriba y agarraditos de las manos. Pero yo no podía dormir; apagué la luz de la luz y estuve un rato velando y escuchando el contraste entre las respiraciones simétricas de la pareja, y la de Coreen, más fuerte y de ritmo más que sinuoso. Prendí la luz y revisé el reloj: serían las siete, pronto amanecería. Acaricié los pelos de mi Muchacha, su carita, sus lindísimos hombros y sus brazos, y casi estuve a punto de hacer el amor una vez más, pero temí que un movimiento involuntario pudiese despertarla. Aproveché para mirar mejor su piel tan delicada y suave. Nada punk, muy aristocrática la piel de mi Muchacha. Le estudié el agujerito de la nariz: medía seis milímetros de ancho y formaba una estrella de cinco puntas. ¿O eran cinco milímetros y era la estrella lo de seis?

Nunca lo volveré a mirar. Para esta historia basta consignar que estaba dibujado con precisión y que debió ser obra de algún cirujano plástico que habrá cargado no menos de quinientos pounds de honorarios. ¡Un derroche! Miré la cicatriz de la mitad izquierda de mi chica: había perdido más color y estaba apelmazada por el roce de mi mentón que la barba crecida de dos días tornó abrasivo. Me apenó imaginar que en la tarde siguiente, al despertar, mi Muchachita Punk me guardaría rencor por eso. Escribí un papelito diciendo que el service quedaba a mi cargo y lo dejé abrochado con un clip junto a un billete de cincuenta libras que había comprado tan barato en Buenos Aires, en la garganta de su botita de astrakán. Así asumía mi responsabilidad, y ella no necesitaría esperar otra semana para poner su cicatriz a cero kilómetro. Actué como hombre y como argentino y aunque nadie atine nunca a determinar qué espera un punk de la gente, yo no podía permitir que al otro día mi Muchachita se amargase y anduviera por todas las discotheques de Londres insinuando que nosotros somos unos hijos de perra que perturbamos sus cicatrices y no pagamos el service, desmereciendo aún más la horrible imagen de mi patria que desde hace un tiempo inculcan a los jóvenes europeos. Me vestí. Al dejar el cuarto apagué las luces. Para salir destrabé la cerradura de la cocina pero volví a cerrarla y deslicé la llave bajo la puerta. Los punks seguían peleando: el africano reprochaba a los otros no haberlo despertado para la cena. Otro lloraba, creo que era el francés. Después oí unas sílabas rarísimas: era alguien que hablaba en holandés. Gracias a Dios no me vieron y encontré un taxi no bien salí a la calle, fría como una daga rusa olvidada por un geólogo ruso recién graduado en la heladera de un hotel próximo a las obras suspendidas de Paraná Medio.

La tarde siguiente, leí en *The Guardian* que durante la noche catorce vagabundos, a causa del frío, habían muerto, o crepado, estirando sin rencor sus veintitantas vagabundas patas inglesas, en pleno corazón de la ciudad de Londres. Hicieron no sé cuántos grados Farenheit; calculo que serían unos diez grados bajo cero, penique más, penique menos. En el hotel me pegué un baño de inmersión y calentito y con el agua hasta la nariz leí en la edición internacional de *Clarín* las hermosas noticias de mi patria. Quise volver. Al día siguiente volé a Bonn y de allí fui a Copenhague. Al cuarto día estaba lo más campante en Londres y no bien me instalé en el hotel quise encontrar a mi Muchacha Punk. Yo no había agendado su teléfono y su nombre no figura en el directorio de la vieja ciudad. Corrí a su casa. Me recibió amistosamente Ferdinand, el novio de la hermana: mi Muchacha estaba en New York visitando a la madre y de allí saltaría a Zambia, para reunirse con el padre. Volvería recién a fines de abril, y él no me invitaba a pasar porque en ese momento salía para la universidad, donde daba sus clases de citología.

Tipo agradable Ferdinand: tenía un Morris blanco y negro y manejaba con prudencia en medio de la *rough hour* de aquel atardecer de invierno. Se mostró preocupado porque hacía un año le venían fallando las luces indicadoras de giro del autito. Le sugerí que debía ser un fusible, que seguramente eso era lo más probable que le sucedería al Morris. Rumió un rato mi hipótesis y finalmente concedió:

—Yo no lo sé, tal vez tú tengas razón...

Me dejó en Victoria Station, donde yo debía comprar unos catálogos de armas y unos artículos de caza mayor para mi gente de Buenos Aires. Nos despedimos afectuosamente. El armero de Aldwick era un judío inglés de barbita con rulos y trenzas negras, lubricadas con reflejos azules. Entre él y el librero de Victoria Embankment —un paquistaní— acabaron de estropearme la tarde con su poca colaboración y su velada censura a mi acento. El judío me preguntó cuál era mi procedencia; el pakistano me preguntó de dónde yo venía. Contesté en ambos casos la verdad. ¿Qué iba a decir? ¿Iba a andar con remilgos y tapujos cuando más precisaba de ellos? ¿Qué habría hecho otro en mi lugar...? ¡A muchos querría ver en una situación como la de aquel atardecer tristísimo de invierno inglés...! Oscurecía. Inapelable, se estaba derrumbando otra noche sobre mí. Cuando escuchó la palabra "Argentina", el armero judío hizo un gesto con sus manos: las extendió hacia mí, cerró los puños, separó los pulgares y giró sus codos describiendo un círculo con los extremos de los dedos. No entendí bien, pero supuse que sería un ademán ritual vinculado a la manera de bautizar de ellos. El paqui, cuando oyó que decía "Buenos Aires, Argentina, Sur" arregló su turbante violeta y adoptó una pose de danzarín griego —tipo Zorba— (¿O sería una pose de danza del folklore de su tierra...?). Giró en el aire, chistó rítmicamente, palmeó sus manos y cantó muy desafinado la frase "cidade maravilhosa llenha dincantos mil", pero apoyándola contra la melodía de la opereta *Evita*. Después volvió a girar, se tocó el culo con las dos manos, se aplaudió, y se quedó entreabierto mostrándome sus dientes perfectos de marfil. Sentí envidia y pedí a Dios que se muriera, pero no se murió. Entonces le sonreí argentinamente y él sonrió a su manera y yo miré el pedazo visible de Londres tras el cristal de su vidriera: pura noche era el cielo, debía partir y señalé varias veces mi reloj para apurarlo. No era antipático aquel mulato hijo de mil perras, pero, como todo propietario de comercio inglés, era petulante y achanchado: tardó casi una hora para encontrar un simple catálogo de Webley & Scott. ¡Así les va...!

1979

La liberación de unas mujeres

—Pegajoso... —respondió, porque le habían preguntado acerca del clima fuera de la casa. Estaba húmedo, se sentía la presión bajísima. La respuesta significaba: pegajoso el clima, pegajoso que le pregunten sobre el clima. Siguió dibujando sobre el papel que cubría la mesa.

—¡No escribás! —le dijeron.

—No escribo. ¡Dibujo! —respondió él.

—¡Entonces no dibujés! —era una orden.

—Buen: ¡No dibujo! —protestó, y pensó que los tipos debieron pensar que trazando garabatos sobre el mantel sólo buscaba indicar su desinterés por cualquier tema de conversación que pudiesen proponerle. Sentía algo que en otro momento hubiese definido como indignación: no había motivos para prohibir que alguien dibujase sobre el papel madera que forraba la mesa. Un papel dibujado no significa nada. ¿Quién iría a identificar una persona a partir de los trazos de un dibujo, de un garabato sobre el mantel? Además: ¿Quién investigaría ese papel que pronto estaría en la basura, mojado o macerado, hecho una bola pastosa o envolviendo restos de comida?

Pero las normas de seguridad no se razonan, se ejecutan, y, para verificarlo, tenía allí a ese gordo con su mano semiparalítica, su mueca de suficiencia y su destreza para investir cualquier frase, hasta el más trivial comentario acerca del clima, con la apariencia de una orden fundada en razones de seguridad, o de una regla convenida al cabo de tediosas reuniones donde se consideraron minuciosamente infinidad de posibilidades, sin excluir los procedimientos a adoptar cuando un oficial de enlace se distrae dibujando la imagen de un personaje de historietas.

En estos casos no cabe más alternativa que obedecer y Zavala obedeció. Ahora debía esperar sin hacer nada; sin hacer "algo para matar el tiempo", como dijo más tarde cuando intentó explicar por qué había estado dibujando. Aquella casa no tenía televisor y tampoco materiales para leer, salvo un par de suplementos de *La Opinión*, que había leído en oportunidad de su aparición y estuvo mirando sin curiosidad en los intervalos de espera en la cita de la víspera. El tiempo pasaba haciéndose más lento segundo a segundo. Si lloviera, el goteo o las variaciones en las ráfagas de viento y lluvia, darían una medida más rápida que el movimiento del reloj que parecía tan sofocado como ellos por la densidad del aire de diciembre.

Revisó sus dibujos: una serie de figuras geométricas superpuestas se sucedían de izquierda a derecha representando algo que parecía una estrella de muchas puntas, un engranaje o un sol en cuyo centro se enfrentaban dos imágenes: una con el perfil de Mickey, la otra, un plano americano, con detalles de la cara y de la parte superior del poncho del indio Patoruzú.

Pero tal vez el gordo tuviese razón. Si un oficial de inteligencia encontrase por azar a un ex alumno de su promoción del colegio y lo interrogara acerca de un sujeto capaz de imitar las figuras de Mickey, Donald y Patoruzú, su compañero de hacía ya quince años, sin saber que su referencia haría peligrar a tantos hombres y tantos meses de trabajo, respondería:

—Sí: Zavala. Nunca voy a ovidarme de Zavala con su manía de dibujar Patos Donalds y Patoruzúes cada vez más perfectos...

Pensaba en eso y dejó de mirar los dibujos y comenzó a mirar la cara de hombre gordo, significando con un leve movimiento de su cabeza que había comprendido la orden y estaba disculpándose.

Entonces, como si respondiera, en hombre viejo que estaba sentado junto al gordo, preguntó:

—¿Empezará a llover?

—No creo —dijo él y repitió—: estaba pegajoso...

—A las once tiene que llegar la mina —comentó el gordo y el viejo asintió.

Miró las grietas del cielo raso. Esperaba. La mujer llegaría a las once. Eran las diez y cuarto de la mañana del viernes y a partir de ese momento todo se resolvería según lo que ella informase. Confidente remunerada, era celadora de la prisión de mujeres y traería los datos indispensables para ajustar los planes de la operación —"la ópera", a decir de la gente del gordo— proyectada para el sábado.

El gordo volvió a hablar, mirando su reloj:

—Tenemos tiempo como para hacer otro ensayo...

—Esta vez, no parecía ordenar: estaba consultándolo.

—Bien —dijo él.

—¡Vidrio...! —llamó al gordo, alzando el volumen de su voz.

—¿Qué? —preguntaba la voz de un hombre joven en la habitación contigua.

—Vení con todo, que vamos a repetir el ensayo...

—¡Ya va...! —dijo la voz.

Veía por primera vez al hombre que apareció con los materiales para el ensayo. No tenía más de veinticinco años. De baja estatura, pelo negro y piel blanquísima, inclinaba la cabeza como si estuviera esperando instrucciones. Por un instante le pareció que podía ser un suboficial de la policía. Sabía que en la organización del viejo y el gordo habían reclutado ex policías que colaboraban con ellos por dinero. Por la manera de dirigirse a él y su conocimiento de los planes, entendió que el tal Vidrio desempeñaba en la operación que ejecutaría la mañana siguiente una función tan importante como la del viejo, o como la suya.

Volvieron a ordenar las armas en el portafolios. La pistola —una 9 mm, belga, bastante pesada— en el troquelado de una gruesa carpeta de expedientes con carátula de la Cámara Federal; el revólver, un pequeño Smith .22 largo de cinco tiros, en el doble fondo de cuero del portafolios.

Una vez más exhibió el portafolios al gordo que hacía el papel de guardia frente a la mirada atenta del viejo y de Vidrio. Volvió a hacer correr las páginas de la carpeta, y el gordo trató de tomar la carpeta provocando la caída de una cartera que se disimulaba tras ella, ejecutó el movimiento que simulaba sobresalto y la atención de Vidrio se concentró en ese objeto dispuesto para atraer la curiosidad de los requisas. Distribuyeron sobre la mesa el contenido de la cartera: cheques, documentos de identidad, carnets y facturas comerciales. De ese modo, se apostaba a desviar la atención de la carpeta de expedientes y del resto del portafolios.

Varias veces repitieron el ejercicio hasta que Vidrio aprobó la manera de dejar caer la cartera propuesta por Zavala.

Después, volvieron a fijar con cinta adhesiva entre sus piernas una pistola Beretta 7.65 similar a la que usarían en el operativo y ensayaron varias veces la escena del cacheo. Cuando el viejo comenzaba a palpar su cintura, él adelantaba la pierna izquierda provocando que al palpar el muslo la mano del requisa rozaba su pene. En ese momento debía retroceder fingiendo una mirada de reproche. Tres veces cachearon hasta que el viejo aprobó la ubicación del arma y consultó a Vidrio con la mirada.

—¡Cacheá vos! —mandó el viejo y Vidrio cacheó sin éxito dos o tres veces y recién a la tercera o cuarta el canto de su mano rozó la culata de la pistola.

—Está bien —dijo Vidrio—, pero vas a tener que adelantar un poco más la pierna.

Él asintió y volvieron a repetir la escena de extracción de las armas. Cada vez que sacaba la pistola de su entrepierna la tela adhesiva arrancaba pelos del muslo y del pubis provocándole dolor. Finalizada la práctica, preguntó:

—¿Qué chance le ves?

—Una de dos que no haya cacheo... Y si hay cacheo, una en dos de que no se aviven... —calculaba el que le pareció un suboficial—. Una en cuatro de perder... Más o menos eso.

—Sí: una en cuatro —confirmó el viejo mientras el gordo decía:

—Una en cuatro, o una en diez, de perder. ¡Es facilito! Vamos a ver ahora lo que dice la mina...

Vidrio ordenó en una bandeja de cocina las armas, el rollo de cinta, el portafolios y todo lo que debía ir en la cartera y los llevó a la habitación contigua mientras el gordo desplegaba sobre la mesa los planos del Instituto de Detención de Mujeres.

Los estudiaba una vez más, sosteniendo el borde de la lámina de cartulina con su mano semiparalítica, para evitar que el plano recuperara su posición enrollada.

Zavala se resistió a mirar: conocía de memoria la guardia armada, el puesto de requisa donde generalmente se hacían los cacheos, el largo pasillo y la escalera que conducía a la sala de reuniones de los abogados con las presas. Ni el gordo ni el viejo conocían el lugar, pero memorizaban el plano tan bien como él, que había estado allí atendiendo clientes no menos de una docena de veces.

Sin mirar el plano reconstruyó la imagen del locutorio —la sala de reuniones—, la posición habitual de las detenidas, el lugar donde suele ubicarse la celadora desarmada, el intercomunicador y el timbre de alarma.

Allí debía impedir con su cuerpo que la celadora alcanzase el teléfono o el timbre, mientras pasaba el portafolios a la detenida de ojos claros abriendo la carpeta de expedientes que contenía la 9 mm. Entonces, Marga —la presa de ojos claros— debía apuntar con la pistola por encima del hombro de Zavala exigiendo silencio a la celadora, mientras él abría el doble fondo del portafolios y entregaba el revólver 22 a otra detenida, a la morena, la más alta.

Sólo después de amordazar y esposar con cinta adhesiva a la celadora, él debía desprender de su pierna la 7.65 que usaría para desarmar a los hombres de la guardia y para cubrir la huida de las mujeres conteniendo al personal que en caso de alarma pudiese bajar desde el primer piso.

Disponía de ocho tiros, más los que obtuviese del desarme de los hombres de la guardia, si tenía éxito. Debía impedir la salida del personal hasta que la bocina aguda de la pick up que llevaría a las liberadas anunciase que podía salir. En caso de dificultades, la contención del personal armado quedaría librada a la suerte, lo que significaba que debería entregarse, o intentar huir por sus medios, deteniendo a algún automovilista que pasase en el momento de su poco probable salida del edificio.

—Pero hay un cambio... —anunció el viejo.

Era un cincuentón, de aspecto frágil. Parecía un artesano: relojero, o tipógrafo. Hablaba lentamente mirando a los ojos de su interlocutor. "No parece un trosco" pensó él, que sabía que el gordo y el viejo pertenecían a la otra organización, la de la presa de ojos claros, y no a la suya.

—¿Qué cambio? —quiso saber.

88

—Nada grave... —decía el viejo y empezaba a explicar—: Para asegurar la operación, primero va a entrar el otro abogado, Martini. Entrará él, y si no lo cachean, cuando lo lleven para el locutorio va a fingir que olvidó un expediente en su auto. Si lo cachean, no sale, y entonces todo el operativo se suspende... ¿Entendés?

—No —dijo él—, eso no estaba acordado.

—Bueno, es nuevo, pero se lo hará por tu seguridad —respondió el gordo.

—¿Entendés? —volvía a preguntar el viejo.

—Sí... Entiendo... Pero estaba claro que correríamos el riesgo... ¿Por qué Martini?

—Martini no participa para nada. Él cumple esa etapa, si sale a la calle quiere decir que hay más chance de que no te cacheen, si no sale, se suspende todo hasta nuevo aviso... —dijo el gordo.

Era evidente que estaba resuelto. Sin embargo, hacía más de una hora que estaba en la casa y recién ahora lo enteraban: volvió a sentirse tratado como un chico, o como una pieza de una máquina.

—Parece que me tratan como a un chico... —dijo, dirigiéndose al gordo. Pero ni el gordo ni el viejo respondieron. Entonces hizo un rollo con el plano, lo dejó a un lado y tomando el mantel de papel madera lo plegó un par de veces y se entretuvo rompiéndolo minuciosamente. Después fue al cuarto de baño y arrojó los fragmentos de papel por el inodoro mientras dejaba correr una gruesa columna de agua que se fue llevando sus dibujos geométricos convertidos en rombos de papel en los que las imágenes de Disney ya no se podían recomponer.

Eran las once y la mujer no llegaba. Había pedido licencia en el Instituto pretextando una complicación de su embarazo y la tarde anterior, antes de dejar el servicio, había hecho contacto con las tres presas elegidas para el operativo. Ahora los jefes del penal la creían internada en una clínica de Flores, donde dos hombres de su organización habían ido a buscarla para esa última entrevista.

La mujer había cobrado una importante suma —no supo cuánto, pero calculaba que serían veinte o treinta mil dólares— para operar de correo con las detenidas y ahora había pedido otro tanto para colaborar en el intento de rescate. Querían confirmar con ella el plano del lugar y las diferentes alternativas previstas para el desarrollo de la operación, y verificar que Marga —la de ojos claros— y las otras dos muchachas de su organización estuviesen al tanto del plan y comprometiesen su apoyo.

—¿Venía sola la mina? —preguntó al gordo.

—No: pasaban a buscarla a las diez y media... —respondió el viejo y despues aclaró—: La traemos... No tiene que conocer la dirección de esta casa.

—¿Y a las otras reuniones...?

—La trajeron tus compañeros, en auto.

—¿Puedo fumar? —pidió.

—Sí —dijo el gordo—, pero fumá de los nuestros —le pasó un paquete de Jockey Club.

Sonrió. Los hombres como el gordo y el viejo pasaban sus vidas inventando recursos de seguridad cada vez más exagerados. Había algo absurdo en la prohibición de fumar la propia marca y estaba tratando de calcular si esas reglas microscópicas no impedirían actuar con eficacia, o pensar con eficacia, cuando tres golpes en la puertas del garage anunciaron la llegada de sus compañeros trayendo a la mujer.

Siempre había tenido habilidad para copiar dibujos de historietas. No dibujaba bien: no se sentía capaz de inventar un dibujo ni de copiar la imagen de un objeto, pero podía reproducir cualquier personaje de historie-

90

tas. El que más le simpatizaba —como dibujo, no como personaje— era Patoruzú, el indio. Como personaje, —no como dibujo— prefería a Donald, el pato de Disney.

En una novela policial el asesino puede ser descubierto por un detalle accidental de su carácter: el hábito de morder de tal o cual manera el filtro del cigarrillo, la costumbre de arrancar el ángulo inferior derecho de las hojas de diarios y revistas para mascar el papel y después escupirlo convertido en una esfera lubricada con saliva, o la habilidad para reproducir con precisión tal o cual dibujo de historietas.

Después del rescate, si el rescate salía bien y si él salía bien de la segunda parte del rescate —su fuga— debería controlar sus hábitos. Evitaría morder el cigarrillo, arrancar ángulos de las hojas de los libros y las revistas y dibujar Patoruzúes o Príncipes Valientes, porque la policía y los servicios de informaciones se lanzarían tras sus huellas y no les resultaría difícil encontrar entre sus conocidos y sus antiguos compañeros del estudio jurídico a gente dispuesta a colaborar en la búsqueda de un abogado terrorista. Debería evitar esos hábitos y extremar, como ahora hacían el gordo y el viejo, todas las medidas de seguridad durante la temporada que continuase en la Argentina.

Quería salir pronto del país para volver cuando hubiese amnistía: en uno, dos o tres años a más tardar.

Revisaron los diferentes pasos del operativo con la mujer. Advirtió que ella ignoraba el control que ejecutaría el abogado Martini y evitó mencionarlo. Era su cuarta reunión con la celadora y esa mujer que desde hacía diez años trabajaba en las cárceles le repugnaba tanto como en el primer encuentro. Era casada, estaba embarazada de su segundo hijo, pero tenía un aspecto viril, desagradable. ¿Cómo sería el marido? El marido debía ser un hombre opaco, como ella, pero de carácter débil: un funcionario público, o un taxista.

Sí: tal vez fuese un taxista y seguramente ignoraba los informes que ella estaba vendiendo a la organización. Definitivamente —pensó— esta tipa no me cae bien. Pero no podía ser un agente doble: como los policías, esta gente proclive a la deslealtad teme menos a sus autoridades y a la justicia que a las revanchas del hampa que exageran los films policiales.

La confianza con que la mujer aprobaba la explicación que daba él sobre el operativo lo tranquilizó. Por un momento imaginó que parte de la suma que su organización pagaba a la informante podía estar destinada a recompensar la ayuda del personal que tomaría guardia la mañana siguiente. Pensar esa posibilidad le daba más confianza y en el éxito de su fuga, la segunda parte del plan. Lo importante era conseguir la liberación de esas mujeres para mostrar la debilidad del régimen militar, desenmascarar la farsa de la justicia oficial y testimoniar que las dos organizaciones, la peronista —la suya— y la otra, podían operar unidas contra el gobierno militar a pesar de sus diferencias de métodos y doctrinas.

Conocía a los que llevaban a la mujer nuevamente hacia la clínica de Flores, donde continuaría su simulacro de enfermedad. Los dos hombres, unos de los pocos de la organización que estaban al corriente del plan, lo despidieron deseándole suerte. Poco después también él dejaría la casa; el gordo informó que esa tarde, alrededor de las seis, pasarían por su departamento para verificar que todo quedase en orden y que le entregarían las armas y el portafolios durante la mañana del sábado, en el nuevo departamento de la avenida Las Heras donde debía pasar la noche.

—Vamos a probar las armas y a garantizar una por una todas las balas —dijo el gordo, y, aunque le pareció otra exageración de los dispositivos de seguridad, por un momento sintió que el hombre estaba preocupado por él, más allá de su interés en el resultado del operativo.

Intentaba mirarlo a los ojos pero, una vez más el gordo se anticipó, y dirigió su atención al plano que seguía enrollado en el extremo de la mesa, volviendo a confirmar esa ley que siempre comentaban sus compañeros: "el trosco nunca te mira a la cara". Cuando salió de la casa, el Gordo, Vidrio y el Hombre Viejo que se hacía llamar Oscar le dieron la mano y le desearon buena suerte. Agregó Vidrio, enfáticamente: "hasta mañana", como para enterarlo de que él le entregaría las armas y lo ayudaría a disimular la B 7.65 entre sus piernas, bajo el pantalón especialmente preparado que vestiría el sábado.

Llegó a su departamento poco después del mediodía. Tenía hambre, pero se duchó antes de cambiar su ropa para ir a almorzar a un restaurante vecino. Cuando volvió eran las dos y media de la tarde y se sentó en el living y comenzó a inventariar visualmente lo que desde aquel día iba a perder: algunos libros viejos, discos, los muebles y la ropa de cama, toallas, un par de trajes pasados de moda y la heladera. Durante la semana anterior estuvo retirando cuadros, álbumes de su familia, equipos de fotografía y de sonido y los libros, que ahora estaban en casa de su amiga Diana. Sólo quedaban un bolso con ropa sport, un par de libros para leer en el "aguantadero" —el lugar que le asignarían para esperar la oportunidad de sacarlo del país— y el *necessaire* que llevaría al departamento de Las Heras.

Era un local de la organización, inscripto a nombre de un doctor Vázquez de La Plata, su nueva identidad. Zavala había imaginado que viviría allí hasta su salida hacia Chile en unos pocos días, pero recordando las precauciones que administraban el viejo y el gordo pensó que después del rescate, si la fuga tenía éxito, lo destinarían a otro lugar y como se había mencionado tantas veces el viaje a Chile, con toda probabilidad lo llevarían a Uruguay o a Brasil. A las tres de la tarde fue a su estudio para ordenar algunos expedientes que quedaban a cargo de su socio. Redactó una nota detallando las gestiones demoradas y a las cinco volvió al departamento. Escuchó radio, leyó una revista de actualidad y fumó varios cigarrillos recostado en el sofá del living. Se sentía seguro "no más asustado —pensó— que en vísperas de un examen fácil de la facultad".

A las seis llegó uno que se identificó como médico, miembro de su organización y lo llamó por su nombre de código, "Víctor".

El médico ignoraba la finalidad del operativo y le entregó un sobre con tres pastillas indicando que tenía que tomar una a las ocho y otras dos, de color amarillo, a las diez y que no debía tomar alcohol hasta el día siguiente. Le dijo que a las ocho de la mañana alguien pasaría a despertarlo y a entregarle los documentos y también él le deseó buena suerte. Cuando salió el médico, apagó las luces del departamento, cerró el paso de agua corriente, tomó su bolso, subió a la piecita del portero, le entregó las llaves diciendo que iría a pasar el fin de semana en el campo —mostró su bolso para confirmarlo— y el portero lo despidió sonriente: había creído.

Sacó su auto de la cochera y manejó despacio hasta un taller de la organización, donde debía entregarlo. Lamentaba perder ese Peugeot que era suyo aunque adeudaba la mitad de las cuotas a la agencia. El auto quedaba a cargo de los mecánicos de la organización que habían prometido compensar su pérdida.

Desde el taller fue en taxi hasta el edificio de Las Heras. El portero estaba en la recepción y lo saludó sin ocultar la curiosidad que siempre inspiran los nuevos propietarios. El interior del departamento olía a cerrado. Abrió las ventanas que daban al Jardín Botánico y encendió todas las luces. Ordenó su ropa sobre la cama matrimonial de una de las habitaciones, llamó por teléfono a su amiga Diana y la citó para cenar a las ocho y media. Antes de salir hacia el restaurante tomó su primera pastilla y escuchó música de un pequeño grabador de cassettes que encontró en el living. Durante la comida sintió sueño y la mujer le dijo que lo notaba raro.

—¿Cómo raro? —quiso saber él.

—Sí, extraño... No sé... —Debe ser porque trabajé toda la noche en la redacción de una defensa... Tengo sueño... —justificó.

A las diez de la noche la llevó en taxi a su casa, anticipándole que el sábado no la vería pues tendría una reunión política y prometió que pasaría a visitarla en las últimas horas de la tarde del domingo.

A las diez y cuarto estaba en el nuevo departamento, tomó los dos comprimidos amarillos, bebió un vaso de agua, se desnudó y se acostó a dormir. El sueño lo invadió al apagar la luz del velador, pero antes de ceder a la succión de un pozo negro que parecía atraerlo con una corriente en espiral, se propuso demorar el sueño y pensó que sobrellevar la víspera del operativo no había sido tan difícil como en algún momento había temido. Se durmió soñando que podía resistir a un sueño profundo y varias veces durante la noche volvió a soñar que estaba despierto y que podía resistir el sueño.

Ella, como todas las mañanas desde que estaba en el Instituto de Detención de Mujeres, despertó un segundo antes de que la empleada golpease con su llave la reja de la celda que compartía con otras dos mujeres. Despertó, calculó el paso de unos pocos segundos y oyó el arpegio de barrotes tañidos por la llave de acero y después la voz ahuecada de la celadora que gritaba "arriba chicas".

Entonces volvió a estirarse bajo la manta, sintió frío y recordó que también aquella noche había soñado que la despertaban para llevarla al despacho de los interrogatorios y que varias veces había despertado creyendo soñar que estaba en la cárcel pero que ya la habían devuelto al lugar donde la interrogaban y volvía a sentir los dolores musculares causados por las contracciones.

Acarició sus pechos y sus muslos y recordó un sueño en el que era otra a quien ella le había contagiado las cicatrices de las quemaduras. A esa desconocida, que ahora era ella, se le habían vuelto a abrir y a infectar las heridas y temía por su hijo, porque también había soñado que estaba embarazada de ellos, pero que ese hijo era solamente suyo, que pronto nacería y sería idéntico al abuelo, con el color verde en los ojos que ella había heredado de él.

Dejó la cama y empezó a vestirse cuando las dos cordobesas ya estaban lavándose las manos en el piletón de la celda. Las dos llevaban tres meses en el instituto y aún no habían sido procesadas. Fueron golpeadas el día de la detención, pero no habían pasado por los interrogatorios que todavía aterrorizaban las memorias de tantas presas.

—Volví a soñar —dijo, y las muchachas la miraron compadecidas y le dejaron lugar frente al piletón que usaban como lavatorio y vaciadero de las latas de orinar.

El agua, muy fría, apenas disolvía el jabón y se demoró tratando, sin éxito, de producir espuma para lavarse el cuello y los pechos. Cuando terminó de secarse encontró que las cordobesas le habían ordenado su cama, colocando las ropas bajo la almohada, según las reglamentaciones del Instituto: primero las sábanas plegadas, después las mantas y sobre ellas la almohada cubriendo todo. Agradeció:

—No era necesario...

Pero ambas negaron con la cabeza y no le permitieron que las ayudase a arreglar sus mantas.

Tenía hambre y frío y para desentumecerse extendió los brazos y ensayó unas rotaciones de torso. La cintura dolía como al comienzo, pero las piernas y los brazos se habían fortalecido con los tres minutos por hora de ejercicios que, burlando la vigilancia del personal del Instituto, conducían sus compañeras.

Con la gimnasia comenzó a sentir que la circulación se restablecía en el cuerpo y en la cabeza. Cesaba el frío y confió que pronto estaría totalmente recuperada y que no volverían las pesadillas en las que siempre era llevada al lugar de los interrogatorios.

Pero evitó pensar en la promesa de rescate que le había sugerido la celadora de la tarde del jueves y que el día anterior, durante el recreo, le confirmaron dos muchachas de la otra organización.

Ella había dado su acuerdo, sin importarle los riesgos que pudiese correr.

—De qué riesgos me están hablando, si yo me salvé de quedar preñada por estos hijos de puta y, por no saber nada, hasta me salvé de tener que arrepentirme de lo que dije en los interrogatorios...

Las otras elegidas le dijeron que no debía comentar el plan. La rubia era la más joven y nunca había disparado, pero hacía una semana que estaban entrenándola para apuntar con un arma de puño y le enseñaron ejercicios para fortalecer sus dedos con una pelota de papel de diario. La consigna era simple: que las tres debían obedecer las órdenes de quien les entregara las armas, y que seguramente intentarían la fuga en algún momento de esa misma semana.

Ya no sentía frío: tenía hambre y sed. Los ruidos que llegaban desde el pasillo indicaban que las fajineras —dos presas comunes que atendían el servicio del pabellón— venían empujando el carro con la provisión de panes para el día y los tazones de mate cocido del desayuno.

Acercó sus dedos a la nariz. Olían a jabón común, pero el tiempo transcurrido sin sentir aroma de cosméticos y fumando poco había aguzado su olfato, y ahora podía descubrir tras el olor de ese jabón corriente notas de pino, flores y eucaliptus que parecían llegar de afuera de la cárcel componiendo un olor tan agradable como el de la colonia que había usado hasta la tarde previa a su detención, hacía ya cuatro meses.

Una de las cordobesas la miró y ella sintió que vigilaba la repetición del gesto de oler sus dedos y como otras veces, temió que la muchacha lo creyese un rasgo de confusión, o de locura. Por eso necesitó explicar:

—¡Olía a jabón! ¡Tanto tiempo sin perfume...!

—Yo casi nunca usaba perfume —respondía la cordobesa y agregó—: ¡Me cago de hambre!

—Sí... Yo también. ¡Es por el frío!

La otra cordobesa intervino:

—¿Se imaginan ahora una medialuna caliente con manteca...?

—¡Uy...! ¡Manteca...! —dijo su amiga.

Entonces Marga también dijo "manteca" y recordó el olor de la manteca: hacía cuatro meses que no comía ni veía manteca y quizás —pensaba— no había pasado un día de sus veintiún años sin probar, o ver, manteca. Entonces comenzó a imaginar que el rescate se realizaría esa misma mañana, que por la noche podría darse un baño de inmersión cálido, cálido, y que después comería pan tostado con manteca en una cama limpia.

Ahora comía bocados de p
mezcla de leche con mate cocido,
podía sostener por unos segundo
aluminio entre sus dedos. Deseaba
llón tenía racionados los cigarrillos a c
je que la requisa interceptó dentro de
mander de una presa común.

En su celda quedaban cinco cigarrillo   tarde
del domingo, día de visita de familiares. puso a las
cordobesas:

—¿Fumamos un pucho entre las tres...?

—Yo paso... Voy a dejar de fumar —dijo una.

Ella consultó a la otra con la mirada.

—Fumá vos —dijo la muchacha— y dejame a mí las
últimas pitadas...

—¡Gracias! —dijo ella y buscó los cigarrillos ocultos
bajo la cama, en un lugar que llamaban "el canuto" y
que aunque los guardias y las celadoras conocían, inva-
dían solamente en casos de severa requisa. Prendió. Con
la primera succión del cigarrillo reaparecían las ganas de
salir.

"Y salir viva", se dijo, recordando las historias de
evasiones que concluyen en motines y masacres de presos. "Lo importante es salir viva —pensó— o cualquier
cosa, pero nunca más volver a los interrogatorios..."

Por el pasillo llegaba un mensaje escrito en papel de
aluminio:

—¡Para Mar...! —dijo la voz de una presa desde la
celda vecina—. Lo manda Elsa.

Las cordobesas, que trataban de enfriar sus jarros
junto a la reja, tomaron el mensaje y se lo pasaron sin
leerlo.

"Tenemos abogado a las once" decía el mensaje. De-
bajo, con dos diferentes tipos de letra estaban las firmas
"Elsa" y "Laura".

—¡Gracias! —gritó ella dirigiendo su voz hacia la
pared frente a su reja.

esde varias celdas más allá del ala derecha del
ón respondió una voz firme de mujer.

—¿Leíste Marga?

—¡Sí, gracias! —gritó ella.

Las cordobesas querían saber.

—¿Qué era?

—Nada... Dicen que hoy viene mi abogado...

—Pero no puede ser... ¡Si hoy es sábado...!

—Claro —dijo la más joven—. Y además... ¿Cómo van a saberlo ellas?

—Lo han de haber soñado... ¡Por el frío! —habló la otra.

—No sé... Joden... —dijo ella—. Con algo tienen que entretenerse.

Dio una última pitada al cigarrillo, del que restaba poco más de un centímetro de tabaco, y lo pasó a su compañera. Después bebió un sorbo de mate cocido. Era el final, ya no quemaba, pero estaba muy amargo.

"Habría que conseguir azúcar", pensó mientras cataba los restos de leche con yerba mate en su paladar y llevaba su jarro al piletón, donde después lo lavarían.

Al comenzar el recreo la responsable política de su organización la invitó a caminar por el patio cerrado. Lo recorrían en círculos y sólo conversaban al atravesar el sector menos vigilado que llamaban "zona franca", porque una fila de columnas permitía hablar sin ser oídas por las celadoras y sin que alguien de inteligencia, apostado en las cabinas de los centinelas, pudiese leerles los labios.

La responsable política era una arquitecta que pasaba los cuarenta años. Hablando con tono afectado anunció que esa mañana se realizaría el operativo. No dijo "fuga": usó la palabra "tentativa", extendiendo la penúltima sílaba como dudando del resultado.

Explicó que las directivas eran salir libre o resistir hasta el último disparo, que en caso de caer en manos de la guardia debía dar el nombre de la celadora que sirvió como contacto con el exterior y que al ser interrogada debía adjudicarse la jefatura política de las diez presas que estaban identificadas como miembros de la organización. Después, acariciándole el pelo, le deseó suerte y se unió a un grupo de mujeres que conversaban sobre algún tema del penal.

Habían llegado los diarios del miércoles y el jueves y las presas políticas se organizaban en grupos para leerlos. Mientras tanto, las presas comunes —la mayoría de las mujeres del pabellón— permanecían indiferentes a la espera de las revistas ilustradas de la semana.

Pocas leían los diarios y esa mañana estaban en conflicto con "las guerrilleras" —así llamaban ellas a las presas políticas— porque las responsables de las dos principales organizaciones intentaban modificar el régimen de distribución de cigarrillos y pastillas y amenazaban prohibir el uso de drogas en todos los pabellones.

Una presa común se acercó a Marga y le preguntó si sabía qué estaban tratando de hacer sus jefas. Dijo que no, que ella no tenía jefas.

—¿Pero vos sabés lo que quieren hacer...? —preguntaba la común, una procesada por trata de blancas.

—No... Te juro que no sé nada —le respondió.

—Quiere decir que entre ustedes no hay democracia...

Marga alzó los hombros y miró a la mujer afectuosamente. Entonces se agregó a ellas una militante de la otra organización y habló fingiendo ignorar la presencia ·de la común:

—Hasta ahora mandaban ellas. Ahora vamos a mandar nosotras. ¡Se acabaron las fiestas de putas y la que joda va a ser juzgada por las organizaciones políticas!

La común se apartó de ellas amenazando que pronto se iban a poner las cosas en orden. Marga se mostró

101

apenada, pero la peronista, que seguía a su lado, dijo que no debía preocuparse, que no pasaría nada y que la provocación contra las presas comunes era una "cortina de humo" que habían preparado para justificar la actividad de los últimos días y para que las autoridades del penal tuvieran una explicación al aumento de cabildeos, y, atribuyéndolos a fricciones entre grupos de presas, no sospechasen la existencia de contactos de otro tipo entre las dos organizaciones.

Marga, que había empezado a sentir un fuerte ardor estomacal y sólo pensaba que en pocas horas se estaba jugando su suerte, aclaró a la mujer que acataba la disciplina impuesta por su organización, pero que pensaba que no había que molestar a las detenidas comunes.

La mujer trataba de explicar:

—Nosotras luchamos por el poder, bueno sería que aquí, presas, tuviésemos que aguantar el poder de las ladronas y de las putas...

"Suerte", decían las detenidas comunes y las políticas cuando la vieron cruzar el patio porque la llamaban del locutorio.

—Ciento tres, ciento tres, ¡abogado! —se escuchó el grito de la celadora desde la reja de salida del patio y después, como un eco, voces de mujeres que lo repetían.

Se abría paso entre grupos de presas políticas y parejas de comunes y todas las mujeres le deseaban suerte, según la creencia de que las reuniones con abogados son partidas donde la presa puede ganar o perder una buena noticia.

Pero Marga entendía que deseaban el éxito del operativo del que algunas de esas mujeres estarían al tanto y caminaba lentamente mirando hacia la reja principal.

Las otras dos elegidas ya estaban en el pasillo, sus caras contra la pared, las manos tras la espalda y los dedos entrelazados, como era norma cuando las detenidas comparecían frente a las celadoras sin la protección de las rejas.

La elegida morena le guiñó un ojo. Se balanceaba levemente, como acompañando una música lejana, en un simulacro de tranquilidad, pero también a ella le temblaban las manos, y, pensó Marga, seguramente debía sentir el mismo malestar en medio del vientre.

La elegida rubia no temblaba ni la miró. Miraba fijamente hacia la pared y estaba muy pálida.

—Me duele la panza —le dijo en voz muy baja.

—A mí también —respondió Marga y en voz más alta dijo, pensando que podrían estar oyéndolas—: es el mate cocido de mierda... Hoy estaba todavía peor que en la última semana.

—Mucho peor que ayer... —coincidieron.

Dos celadoras las condujeron por el pasillo hacia la escalera y las dejaron bajar solas:

—¡Van tres! —dijo la celadora.

—¡Ta bien! —respondió una voz de mujer hombruna desde abajo.

La mujer de voz masculina las condujo al locutorio. Era una sala amplia con dos filas de bancos enfrentados. Las tres elegidas se sentaron en un banco, mientras la celadora anotaba sus nombres.

—Viene a hablarles el abogado de ustedes... ¿Cómo se llama?

—Zavala —dijo Marga.

—Zavala o Martini —corrigió la elegida morocha.

—Bueno. ¡Esperenlós! —dijo la celadora y se instaló con la planilla sin completar junto a la puerta de metal del locutorio.

Marga nunca había visto a Zavala ni a Martini, pero el abogado que llegaba debía ser Zavala, pues le habían dicho que Martini era calvo.

El hombre se presentó con voz entrecortada:

—Buenos días, compañeras...

—Buenos días, doctor... —respondieron ellas, obedeciendo a la prohibición de usar la palabra "compañero" en el penal.

El abogado dio la espalda a la celadora. Enfrentó a Marga, la única de ojos claros, abrió su portafolios y le dijo:

—Usted vaya mirando su expediente mientras hablo con las otras compañeras...

Le pasó la carpeta y fue fácil para ella extraer de las hojas caladas la pistola 9 mm. En ese momento sintió que todas las cosas estaban sucediendo por segunda vez y que cada movimiento voluntario obtenía el resultado previsto porque no hacía sino poner en marcha la secuencia de un film que documentaba un acontecimiento de mucho tiempo atrás, o, por lo menos, previo a los primeros interrogatorios. Quería hacer todo lentamente y, muy lentamente, arrastró el arma contra el cuerpo de Zavala y esperó que el cañón apareciese sobre su hombro apuntando a la cabeza de la celadora para decir en voz baja:

—¡Cerrá bien la boca o te reviento la cabeza machona hija de puta!

Antes de terminar su frase Zavala estaba enfrentando a la celadora con su rollo de cinta adhesiva y la elegida morena ya había roto el doble fondo del portafolios y también apuntaba con el pequeño Smith 22. La celadora pareció entregarse complacida, como la prostituta de un film, que simula placer ante un grupo de soldados que pagan por un simulacro de violación.

Entre la rubia y Zavala la amordazaron y le unieron las manos con gruesa cinta adhesiva. Después la acostaron sobre el banco y, usando más vueltas de cinta adhesiva que las calculadas en las prácticas, le ataron la cabeza y los pies a los travesaños de madera.

—Tiene para buen rato... —habló Zavala casi sin aliento, mientras abría su bragueta y tironeaba para extraer la 7.65. Tal vez exagerase un poco su mueca de dolor.

Sólo Marga tuvo que descalzarse: sus compañeras tenían zapatillas y Zavala, que calzaba zapatos con suelas de goma blanda, fue el primero en ganar el pasillo, y después de correr veinte metros y tomar ventaja sobre las tres que lo seguían, enfrentó solo al hombre de la guardia:

—¡Alzá bien alto las manos y no se te ocurra gritar, negro hijo de mil putas! —le oyeron decir marcando cada palabra con un golpe del cañón de la 7.65 en la nariz y los pómulos del muchacho.

La rubia le desprendió la cartuchera y le pasó la pistola a Zavala, algo que no tenían previsto y demoró la maniobra de amordazar e inmovilizar al hombre. Marga intentó ayudar y en un momento tuvo tres armas en sus manos: a su 9 mm y a la 7.65 de Zavala se había agregado la pesada Ballester del suboficial. La miró, paralizada. Necesitaría mucho más tiempo para pensar, pensó, y sólo un empujón violento de la morena la puso en marcha. Caminó temiendo haber equivocado la dirección de la salida, y siguió convencida de que encabezaba el grupo y que seguía cargando con las tres pistolas, hasta que llegó a una sala donde Zavala y la otra cordobesa ya estaban amordazando a una oficial penitenciaria.

Era que era la última de los cuatro y que había recorrido los cuarenta o cincuenta metros armada solamente con la pistola liviana de Zavala, con los dedos enlazados alrededor de la culata, sin saber cuál de las tres saliencias que por su propia fuerza estaban clavándose en sus palmas correspondía al seguro, y dudando si el mecanismo estaba activado y si la pistola tenía su carga en la recámara y si, llegado el caso de disparar, sus dedos rígidos le responderían.

A la oficial la habían encontrado semidormida en su escritorio y ahora se resistía a la mordaza para que la escucharan pedir que por favor no la maten. Marga vio que las lágrimas le saltaban de los ojos y pensó que jamás había visto algo semejante y que nunca más podría olvidarlo.

"Si me lo cuentan, no lo creo...", pensó mientras apuntaba inútilmente contra esa mujer amordazada y maniatada, que negaba con la cabeza y fruncía las cejas, soltando lágrimas hacia adelante. Sólo los payasos del circo lloran hacia adelante con tanta fuerza, pensó Marga, pero de inmediato recordó una escena del circo donde un payaso, que fingía llorar, emitía chorros de agua hacia el público, pero no desde los ojos sino desde una flor de girasol que adornaba su chaqueta.

Zavala estaba usando a la payasa como rehén, algo que no estaba en el plan, y les exigía por señas que se escudaran junto a él detrás de ese cuerpo tembloroso que avanzaba empujado a golpes de pistola contra su oreja derecha y que a cada paso perdía el equilibrio y se curvaba hacia adelante.

—A la salida, a la salida, a la salida... —repetía el abogado como si fuese una consigna que debía memorizar, y al cruzar una reja que no figuraba en los planos, pero que milagrosamente estaba abierta y sin centinelas, se volvió hacia Marga y ordenó:

—Lleva ésta vos... Carajo... —y pasándole la pistola que acababa de quitarle a la oficial volvió a decir, gritando—: Llevala vos... ¡Entendé que tenés que llevártela vos, boluda!

Después contó que desde el momento en que redujeron a la mujer, como la segunda reja no estaba prevista en el plan, actuó convencido de que la informante los había traicionado, que les había trazado un recorrido hacia el patio interior de la prisión, y que las mujeres no obedecían porque deliberadamente les habían dado instrucciones o planos distintos.

Recién cuando escuchó la señal de los de la pick up, el sonido de una bocina aguda que parecía muy próxima, volvió a creer en la posibilidad de salir, y para confirmarla decidió tomar aliento contando hasta diez. Con cada segundo sentía crecer una sensación de triunfo, y dejó de contar cuando un segundo llamado no previsto en el plan lo impulsó a correr hacia donde debía estar la puerta, sin volverse y apostando a que las tres mujeres liberadas lo seguirían instintivamente.

En la vereda yacía el cuerpo de uno de los de vigilancia que lo había saludado al llegar. Reconoció la forma de su cabeza y el perfil de la cara aplastada contra el cordón de piedra. De sus ropas azules arrancaba una mancha de sangre que se extendía más allá de su brazo estirado hacia la calle. Le habrían disparado desde la pick up con un silenciador adaptado a alguno de esos fusiles de tiro deportivo de bajo calibre, que le llamaron la atención en la casa que usaba la gente del gordo.

Igual que nosotros cuatro, tampoco él sabría lo que le iba a suceder esta mañana. Junto al cuerpo había una pistola ametralladora PAM, y obedeció al capricho de recogerla antes de corroborar que dos de las mujeres ya estaban a su lado y que la tercera, descalza, se había adelantado y abordaba de un salto la pick up.

Pasó en segundo lugar a la parte posterior de la cabina. La culata ensangrentada de la ametralladora había manchado su pantalón a la altura de la rodilla. Una de las mujeres le dijo:

—Si la agarrás a tiempo y la mojan con agua ahora, las manchas de sangre se aflojan y después se las saca con más facilidad...

Mientras la pick up aceleraba hacia la avenida Cruz, las otras dos mujeres lloraban. Una de ellas había dejado caer al piso una Browning calibre 9 mm que, por efectos del empedrado irregular de esas calles, rebotaba contra el panel lateral derecho. Zavala la alcanzó con un pie y aunque enlazó en su mano la correa, la mantuvo apretada contra el piso con la presión de su pie izquierdo, hasta que se detuvieron en la primera posta. Serían las nueve y diez: a esa hora debía estar en el campo, oyendo a alguno de los primos de Diana golpeándole la puerta del altillo y gritando:

—Levantate Zavalita que está lista la lechita y ya mismo hay que salir a ensillar para ir a jugar al polo...

Se volvió para mirar como si al fondo de la avenida Cruz la pick up fuera dejando atrás, no sólo las fábricas y barrios de casas a medio terminar, sino también todos los sábados de su vida, como si siempre los hubiera pasado jugando a jugar al polo sólo para montar por unas horas, olvidar el ritual de los tribunales, sintiendo que el sol lo iba bronceando y el cuerpo se disponía para el asado y los festejos de sobremesa y cargaba esa reserva de dolor en las piernas, la espalda y la cintura que hasta el lunes seguiría recordándole esfuerzos, riesgos y emociones que hacen sentir que uno está vivo y que aún no se ha convertido en un imbécil.

—¡Zafamos negra! —le dijo a la liberada morena como si la conociera desde hacía mucho tiempo—. Allá quedó todo lo que fue...

Señalaba la avenida que iba quedando atrás enmarcada por dos cordones de piedra, casitas y fábricas de arquitectura improvisada. Después miró adelante. A través del cristal de la cabina reconoció el pelo negro y la piel blanca del hombre al que llamaban Vidrio y que acompañaba al chofer. De ese desconocido sólo se podía ver la mano derecha, cada vez que ejecutaba rápidos cambios de marcha.

Las tres mujeres lloraban ahora y él mantenía aferrada la PAM. De su mano izquierda, crispada en el correaje de la PAM, afloraba un coágulo de sangre negruzca que siguió adherido en el pliegue de piel de la primera falange del dedo índice durante los diez minutos que precedieron al primer transbordo.

Oscureció. Desde la ventana del chalet Elsa había estado mirando la puesta del sol rojiza hasta que el césped de la cancha de golf vecino acabó mezclándose con el cielo para formar un solo telón negro contra el horizonte. Elsa pensó que estaba entristeciendo a causa del anochecer y la luz amarillenta del chalet. Había sido un día agitado: la fuga, las escalas del viaje, la separación de sus compañeras... Demasiadas veces durante el día le pareció que estaba soñando; ahora que se sentía tan cansada quería dormir y soñar de verdad.

Primero se habían despedido de Zavala, que pasó a un automóvil cuando a ellas las llevaron a la casa donde un fotógrafo les preparó los nuevos documentos. Después hicieron posta en un taller de camiones de la zona de Pompeya. Allí les dieron ropas nuevas —ese conjunto azul y las botas de cuero que ahora calzaba— y les cambiaron los peinados y a ella le habían enrulado el pelo. A ella se lo habían aclarado hasta un tono castaño, casi rubio.

Marga fue la primera en despedirse: unos chicos muy jóvenes de su organización habían pasado a buscarla para llevarla a Bahía Blanca o a otra ciudad del sur, dijeron. A las dos de la tarde, en el mismo auto que la habían traído hasta el chalet —una casa quinta ubicada junto a un campo de golf en Ranelagh—, se llevaron a su compañera hacia la estación Retiro, donde alguien la acompañaría hasta Rosario. Dijeron eso: pero como en la primera posta los había oído decir que a ella la llevarían a un local del centro de Buenos Aires, tal vez también mintieran cumpliendo instrucciones de la gente de seguridad.

Había quedado sola con los dueños de la quinta, una pareja de estudiantes recién incorporados a la organización que parecían asustados. La corriente eléctrica que generaba un ruidoso motor diesel provocaba esa luz amarillenta y titilante que entristecía el interior del chalet. Cada auto que pasaba por la calle de tierra traía un sobresalto, o una pequeña esperanza de recibir buenas noticias. A las seis y media aparecieron dos en una moto, trayendo más comida, botellas con gaseosas y los diarios de la tarde.

Buscaron las noticias de la fuga. *La Razón* comentaba el operativo y reproducía la declaración de Zavala. Leyeron dos veces en voz alta el texto en el que el abogado ironizaba sobre la administración de justicia del gobierno militar y expresaba que él se había limitado a cumplir la función de defensor de la única manera posible, que las tres mujeres liberadas eran rehenes inocentes y anunciaba que pronto la lucha del pueblo liberaría a todos los presos políticos y sociales.

Se fueron los hombres y ella quedó con la pareja de estudiantes, comentando los efectos que las noticias de la fuga tendrían sobre las masas, el movimiento peronista y las agrupaciones estudiantiles. Entonces llegaron a la quinta Zavala y otro hombre joven, que se presentó como el responsable militar de la zona. Elsa no esperaba volver a encontrar al abogado y también los dueños de casa se sorprendieron. Después de la cena, cuando quedaron solos, le dijo que se alegraba, porque estando él presente era como si estuvieran sus compañeras de las que habría preferido no separarse.

Él explicó que lo habían llevado a la quinta a causa de un cambio de planes y que habría preferido estar bien lejos del país, porque temía que la Policía y los servicios de inteligencia estuvieran buscándolo con prioridad a cualquier otro procedimiento: su detención, más que la recuperación de las evadidas, era el mejor recurso para neutralizar el efecto propagandístico del operativo.

—Yo también quisiera estar a salvo... Al menos por unos días... —dijo Elsa—. Estar en un lugar... Salir a la calle sin miedos...

—Sí... Eso... —confirmó Zavala. Iba a agregar algo pero ella interrumpió:

—Era muy linda tu declaración en los diarios...

—Sí —dijo él— pero no la hice yo. La redactó un compañero. ¡Ni siquiera la firmé yo! —parecía divertirse con su confesión; explicaba—: Estaba hecha desde el miércoles, me la mostraron... Tenían la declaración de hoy, el comunicado y había otro comunicado por si la operación fallaba... Entonces ella pensó que era razonable que las declaraciones las redactaran cuadros de propaganda, y que esos meses pasados en prisión y tantos sobresaltos en la fuga la habían predispuesto a ver todo con romanticismo de modo que Zavala era el príncipe salvador, ella era la heroína que acababa de alcanzar la felicidad y, por eso, ni se le había ocurrido dudar de la declaración publicada en los diarios.

Algo así comentó con Zavala, que respondió que él no era un héroe, que el héroe había sido la organización y que lo que el público estaría leyendo a esas horas en sus casas ocultaba la realidad de un procedimiento que había comprometido a cincuenta personas, tan importantes como ellos dos, o aun más.

Después el responsable militar los reunió para leerles los partes de los últimos días: detalles de las nuevas consignas y resúmenes de noticias gremiales, políticas y universitarias que interesaban a la organización. Elsa quería saber qué planes tenían para ella y el hombre dijo que recién lo sabrían al día siguiente. Después pidió que fuesen a dormir temprano y prometió que la seguridad de la casa sería garantizada y que en las primeras horas del domingo se volverían a encontrar.

Elsa compartió un pequeño dormitorio con la mujer del dueño de la quinta, que continuaba atemorizada. Trató de tranquilizarla y antes de apagar el farol que iluminaba el cuarto contó anécdotas de su vida en las celdas y de las compañeras que había conocido.

Tenía sueño, pero tardó en dormirse. Veía formarse en la oscuridad la imagen de Zavala y pensó que en otra

111

situación hubiese preferido dormir con él. Abrazándolo podría creer que era un héroe que la había rescatado y que comenzaba una nueva vida en la que podía salir a las calles, sin miedo: al cine, a un bar para beber café, a una plaza para mirar cómo juegan los niños o a un mercado donde hacer las compras para la casa que quizás nunca volvería a tener.

Pasaron varios autos por el camino. Después llegaron ruidos. En una quinta de la vecindad había una reunión de gente joven. Sonaba música, se escuchaban gritos, risas y entradas y salidas de autos. Antes de quedarse dormida pensó que sería una fiesta de casamiento, o el cumpleaños de una muchacha, llena de amigos, que nunca estaría presa ni entendería nada de la vida.

Cuando despertó eran las ocho y Zavala y los dueños de casa ya estaban desayunando. Alguien le había enviado un bolso de cuero con cosméticos, mudas de ropa interior, revistas femeninas y un juego de cepillos para el pelo.

Desayunó revisando las noticias del diario de la mañana. Comió un par de medialunas y recordó que hacía más de tres meses que no probaba manteca, ni medialunas, y que, sin advertirlo, la tarde anterior había probado el primer sorbo de café después de tanto tiempo.

A las diez de la mañana le anunciaron su destino: tendría que pasar algunos días en un departamento de Buenos Aires. Después la llevarían a Mendoza y de allí a Chile.

Zavala le confió que él también esperaba viajar pronto a Santiago, y aunque tenía otra misión en Buenos Aires estaba gestionando su salida del país tan pronto como fuese posible. Ella dijo que esperaba verlo en Chile y él inmediatamente cambió de tema y se dedicó a interrogar al dueño de la casa sobre los clubes vecinos y los deportes que se practicaban en la zona y pareció sorprendido cuando la novia del muchacho le dijo que no había lugares aptos para practicar equitación.

Pasaron un rato hablando de caballos y academias de salto y Elsa no dejaba de pensar en Chile y en que tal vez volvieran a encontrarse. Antes de salir de la quinta escribió una carta para su familia y otra para sus amigos, prometiendo el responsable militar que en un par de días las cartas llegarían a casa de su madre, en San Fernando.

A las doce pasaron a buscarla, pero Zavala, que había protestado porque en la casa sólo disponían de un revólver antiguo con seis cargas y una pistola sin munición, estaba en la cocina discutiendo con un responsable de la región y apenas se asomó para saludarla.

Almorzó en el departamento de Constitución donde debía ocultarse quince días. Era un piso confortable con una cocina recién remodelada y bien provista, televisor, equipo de música, y muchos cuartos libres. La ventana del living enfrentaba a una gran plaza y tras ella, se veía la fachada de la estación del ferrocarril. Ver hombres y mujeres cruzando calles y deteniéndose en los puestos de comida de paso la distraía, pero el encargado de la custodia, un moreno que hablaba con acento norteño, le ordenó que no se acercara a la ventana: sólo podía mirar a través de las cortinas de voile.

Después del almuerzo llegaron dos mujeres. Una era estudiante y se encargaba de las compras. La otra dijo que trabajaba de enfermera en un hospital vecino. Serían las responsables de visitarlas varias veces por día para tenerla en contacto con el exterior, y para "que no le faltase nada".

El norteño reunió a las tres mujeres en la mesa donde habían almorzado y tomando café volvieron a leer el reglamento de seguridad y acordaron el código de timbres que utilizarían en sus visitas diarias.

Las instrucciones le parecieron exageradas: sólo debía responder a los llamados que recibiese en las horas pares del día o impares de la noche. Para pasar a la sala o en los cuartos que daban al exterior y tenían las ventanas semiabiertas, debía oscurecer el pasillo y cerrar las puertas de las habitaciones, el baño y la cocina que permanecerían iluminadas. No debía alzar papeles ni correspondencia que apareciese bajo la puerta, y, aun descalza, sólo podía recorrer el lugar pisando sobre la alfombra. Había instrucciones sobre el uso del baño, las canillas de la cocina, los lugares donde podía encender cigarrillos y los cuartos donde podía escuchar la radio portátil y la cama donde debía dormir. El hombre le preguntó si hablaba en sueños o si había tenido pesadillas alguna vez. Y aunque ella aseguró que no, le pidió que durmiese con la puerta de la habitación cerrada manteniendo persianas y ventanas cerradas tal como estaban en ese momento aunque hiciese cuarenta grados de calor. Mientras lo escuchaba, un par de veces cambió miradas con la enfermera y la estudiante, que alzó las cejas y pareció a punto de suspirar.

Después tomó un bolígrafo y comenzó a dibujar sobre la cartulina que hacía las veces de mantel en la mesa donde habían almorzado. Dibujó una montaña, su pico nevado, un valle con árboles y arbustos de diferentes contornos y un arroyito con un puente de troncos. El puente se comunicaba con el valle mediante un camino de piedras que trepaba a una sierra donde había una pequeña casa, con techo a dos aguas. Sobre el valle dibujó ovejas, una figura que bien parecía un perro, y la silueta de una mujer o de una adolescente de trenzas largas que enfrentaba el arroyo con los brazos abiertos. Su concentración en la obra fue creciendo y la miraba pensando que parecía el dibujo esmerado de una niña de escuela primaria. El norteño advirtió su distracción y le pidió:

—Por favor... No escribas...

—No escribo —dijo ella—. ¡Dibujo!

—Buen... ¡Entonces no dibujés! —estaba ordenándole.

—Bueno... ¡No dibujo! —dijo ella, pensando que no había razones de seguridad para prohibir que alguien dibujase y que aunque era imposible que un dibujo típico de cualquier niña de colegio comprometiera a ese departamento convenía aceptar las instrucciones y disculparse: se estaba bien allí, el lugar era confortable, restaban unos pocos días de encierro y pronto estaría libre, lejos de ese país, en un lugar donde pudiera hacer lo que le diese la gana.

1980

Cantos de marineros en las pampas

Habló el que siempre repetía la cantilena de la flota de mar:

—¡Por el sol...! —le sintieron decir.

Y si alguien más lo oyó también debió pensar que era la primera cosa atinada de lo mucho que dijo durante todas esas semanas de marcha.

Días malgastados y leguas descaminadas en esa pampa interminable, tolerando las serenatas de los payucas y dichos hasta peores y más desquiciados que los del marino, cuidando parecer que seguían creídos de que tarde o temprano llegarían al oeste y que alcanzarían la sierra chica y más atrás el nacimiento del río que, corriente abajo, los llevaría justo hasta El Lugar.

Llamaban El Lugar al sitio de encuentro de todos los que seguían firmes en la idea de juntarse y volver a empezar. Se platicaba eso pero de los derroches de tiempo y del descaminar leguas y jornadas nadie en la tropa cometió la imprudencia de hablar.

Tropa: sólo tanta arma y munición encajonada demorándose en las carretas justificaba llamar tropa a ese montón indisciplinado y desparejo que traía semanas y semanas de marchar, montar, apearse, ensillar y volver a montar, sólo para volver a juntarse y tratar de empezar otra vez.

¿Cuántas semanas? Si alguno tuvo voluntad de ir llevando la cuenta supo guardarse el número y ni cuando las conversaciones daban lugar para lucirse con la cifra y amargarle la noche a todos dejó entrever que la sabía y que no la decía por respeto.

Se conversaba siempre en la comida de la noche. Se aprovechaba la poca luz de los fogones para platicar sin que alguien, por escudriñador que fuese, pudiera descubrir de la cara del que iba hablando, o del que oía, los pensamientos verdaderos que no se dicen en la conversación.

Y la hora del sueño ayudaba: se podía platicar confiado en que al momento de no querer oír más, o decir más, estaba a mano el pretexto de caerse dormido y Dios Guarde que mañana será otro día.

Volteaba el sueño y todos se dejaban voltear y más cuando se andaba cerca de la cuestión de cuántos eran y del tema de con cuántos más sería menester contar y el de cuánto sería que faltaba en meses o años, en tropa o armas, en caballos y en plata, o en voluntad y en muertos, para la hora de ganar, o para lo que cada uno pretendiera.

Ganar era lo que querían los más, que eran los más ilusos. Los menos, ya desde antes de arrancar querían ganar pero se contentaban con perder siempre que les dieran ocasión de perder al modo propio y no al que elijan los favorecidos por la fortuna de ganar.

Los cuándo, cuánto, y el ganar y perder eran los temas "que ni nombrar". Todavía se dice de ese modo en muchas partes.

Y lo que "ni escuchar" era lo que agobiaba: hablar de las criaturas, las mujeres y las haciendas que quedaron atrás y de cosas parecidas que no conducen a nada. Tal esa cantilena del que venían llamando El Marinero desde los primeros días de marcha.

Porque siempre repetía lo mismo: que años y años revistó en la flota de mar y que en la flota esto o que en la flota aquello o que ellos en la flota de mar solían hacer tal o cual otra cosa de tal o cual manera y nunca pudieron pasar dos noches sin que alguien tuviera que mandarlo que pare de una vez de contar y de estorbar y que deje dormir a la tropa.

De día, uno que por dormirse oyéndola, la voz del marinero se le había convertido en un mal sueño, le rogaba por el Sacrosanto que la termine con la historia de que en el mar los que más cantan son los mejores marineros y que se guarde para él solo el cuento de que en la flota no es como en el campo y en los pueblos, que en la flota de mar se toma menos, y que entre los marinos el que más canta nunca es el borracho, porque al revés: mejor y más dispuesto a bordo se muestra un personal más canta y menos chupa y porque, igual que en todos lados, en el mar el tomador le esquiva el bulto a la pelea y en el peligro se ve bien que los que toman se achican primero que nadie.

Y de noche, a la hora de contar, le copiaban los dichos y hasta la manera medio goda de hablar con zetas para anoticiarlo de que ya todos se sabían la cantilena de memoria.

En cuanto amenazaba empezar algún imitador le ganaba el turno y, poniendo voz de bastonero de circo, anticipaba:

—Para esta velada anunciamos a la digna concurrencia de damas, clero, nobiliario, gente de armas y chinas de culear que habremos el honor de oír a quien ha visto faluchos corsarios llenos de hindús y chinos iguales a los que la Britannia dio de escolta a San Martín, que más semejan lazareto de leprosos o quilombo de remate de esclavos que a cosa de utilidad para la guerra y ha tripulado naves insignia con gavieros a proa que calzan botín de caucho y ostentan uniforme de lana inglés bordado en hilos de oro y dará fe de que por igual en ambas barcas como en toda nave de mar cualquiera sea su enseña, más canta el marinero, mejor marino es y más se lo respeta a la hora en que a bordo se reclama personal que sirva...

Copiándolo, los imitadores agrandaban la boca cuando les tocaba decir la aés y la és, y tanto ceceaban que se sentía "abodo ze nejzezita pesoall que zirja..."

Y a fuerza de copiar la forma goda de hablar de los marinos mezturaban una que otra voz lusitana en las frases más largas y hacían sonar las zetas más fuerte que cualquier español que, por descuido, hayan dejado vivo los ejércitos de la Patria.

Pocos han de quedar, si queda alguno, de los que supieron recibir al Capitán de San Martín cuando bajó por primera vez de la fragata inglesa y lo escucharon hablar como un godo.

Y no ha de haber muchos vivos que pudieron oírlo cuando fue General de estas Provincias y Gran Libertador de América y ni zetas ni eshes se le escapaban. Si hasta los mandos de batalla los profería estirando el labio para que ni oés ni ás sonaran como en la voz de un monárquico hidemilputas.

Valiente y puro sacrificio fue el puñado de criollos que se alistó en las naves de Brown y de Bouchard sin conocimiento de en dónde se metían. Las que pasaron en esas goletas de tablones podridos, calafateadas a lo bestia por gauchos y peones de herrero y mandadas por corsarios sin Dios, ni patria, ni respeto por la gente, obliga a tolerarles mañas y salvajadas a los pocos que pudieron volver.

Pero hasta en esos patriotas disgusta esa ínfula de hablar como asesinos virreinales: ni para burlar a un loco habría que permitir que un criollo hable así y revuelva a sus paisanos los tiempos en que el que el monárquico se creía más y se jactaba de que siempre esta patria iba a seguir dejándose pisotear.

Pero la pampa que endurece al hombre en tantas cosas en otras lo hace más blando y lo distrae. Por eso que hablara igual que uno de la flota era lo último que le amonestarían al marinero. Lo primero era lo peor de aquellas noches: su repetir y el agobiar repitiendo tanto y cansando.

A él que lo copiaran y burlaran no parecía abochornarlo. Mismo cuando la tropa, meta risa y palmada, estaba festejando a algún imitador, podía apersonarse ante cualquiera a pedir un chala, o el yesquero de llama pronta para prender un chala o un tabaco enrollado que algún otro le convidó: ni bochorno ni nada parecía producirle la burla al hombre.

Y menos enojo: igual que todos por esos días era capaz de perdonarle lo peor al otro con tal de que no fuese un flojo, un federal con tirador de plata, o un salvaje unitario de librea de terciopelo y cachete entalcado.

Si cuando se empezó a oír que había unos que andaban por ahí comprando caballos y encargando reservas y encurtidos con el plan de empezar otra vez el marino se compareció en la capilla de Flores entre los primeros y ahí mismo donó unas libras de plata —que debía ser todo lo que tuvo en la vida— y reclamó que le tomasen juramento y lo contasen como enrolado porque, sin eso —le dijo al escribiente—, y sin arrancar en la primera partida que saliera a juntarse para empezar de nuevo, nunca más iría a dormir tranquilo.

Y ahora justo venía a ser él lo que no dejaba dormir en paz a la tropa. Mejor dicho: sería él o causa de él porque si no empezaba él con la cantilena desde lo oscuro saltaban las voces que se le anticipaban para burlarlo o incitarlo.

No bien hablaba uno poniendo voz de godo marinero quien siguiera despierto lo festejaba y se reía. Casi todos reían cuando escuchaban a un imitador diciendo o cantando. En cambio si se lo oían a él al revés: agobiaba, daba como una tristeza y rabia al mismo tiempo y ganas de que se calle de una vez.

Él no festejaba burlas ni imitaciones. Pero escuchaba atento y al reflejo de algún fogón o al relumbrar de la brasa de un chala que pitaba ávido daba la impresión de medio sonreír.

Y si hablaba era para corregir algo que le estaban copiando mal. Más que enfadarlo parecía que se daba por satisfecho con que se escuche lo que quiso decir aunque diera a reír a todos y aunque el que lo repetía se estuviera burlando y no creyese nada de lo que le copió.

Había uno con jeta de mazorquero y que por eso mismo lo llamaban Mazorquero aunque se conocía que fue procurador con diploma en Chuquisaca y hasta la víspera del día que pidió juntarse con los que iban a volver a empezar figuró como letrado de la Legación del Litoral. Poco que ver con mazorqueros, pero, en el fondo, las ideas son casi las mismas: vivir de los gobiernos.

Fue el que más le discutió las primeras veces, cuando todavía pensaban que valía la pena discutirle, y en esas últimas noches era el que lo imitaba mejor.

Poniendo voz de ceremonia para destacarse y que lo oyeran, recitaba el Mazorquero:

124

—Y que ningún criollo vaya a sentir que no haberlo sabido era ignorancia, porque nuestro invitado, antes de servir en la flota de mar era también de los que se creían que cantos de marineros como el "Boga Boga" o el "Mi Bonito Se Fue Por Los Mares" que las gentes entonan sin entender eran güevada que cuanto más se las cacucha más güevada parecen. Él sabe bien —decía y, alumbrado de amarillo por la linterna de parafina, señalaba a la oscuridad— cuánto cuesta meterle en la cabeza a un milico pueblero o a un pajuerano de fortín que los viejos marinos no exageran cuando hablan de que el canto de los marineros nadie lo va a entender del todo hasta que padezca algún naufragio o una desgracia grande de mar...

A esa altura empezaban los gritos desde el oscuro:

—¡Naufragio! ¡Transluchada impetuosa! —podía oírse una voz.

—¡Vías de agua en el codaste que no hay quien pueda, no hay quien pueda, no hay quien pueda... Reparar...! —canturreaba otro.

—¡Veráis cuando la nave encalle y tengáis que abandonalle...! —decía alguien más y parecía la amenaza de un fraile loco.

—Hasta las rocas, hasta las rocas os lleva el mar... —era lo único que sabía decir el domador chileno de voz finita. Y siempre lo repetía.

—¡Que hasta las rocas arrastre la corriente al marinante y hasta las bolas se entierre entre las olas el que le cante...! —ése era otro chileno, medio borracho pero buen payador.

Y pocos acertaban con la gramática arrevesada del marino. Si hasta se podía oír:

—O hacerois encallar en la costa o dejarseis llevaros por las corrientes hasta que las rompientes de las rocas del mar le naufragareis.

Y así seguían hasta que el mazorquero, o alguien con más idea y condiciones de imitador, copiaba una de las frases que más solía ostentar el marino:

—¡Hasta que una tormenta desarbole la nave y la escoree tanto que las olas se desmadren direictiño a la bodega y el hombre sepa que todo se termina, no se hará carne en nadie la veracidad del canto del marinero en estos tiempos de urbe toda alumbrada a gas y puro ferrocarril y güinchisters de repetición...!

El marino nunca había nombrado güinchisters ni reilgüeis. Al fusil él lo llamaba "rifle" como los godos. Y a lo que ahora empezaba a nombrarse "trenes" le desconfiaba tanto que si una vez los mentó, les habrá dicho "convoys" a la manera de sureños y brasileiros.

Pero el mazorquero, como la media docena de doctores y bardos que siempre andaban revolotéandolo, estaba envenenado contra las máquinas y no desperdiciaba la ocasión para decir lo suyo antes de cerrar con un alarido que parecía en verdad grito de mazorquero y despertaba al más cansado:

—¡Oíd carajos! ¡Escuchad ahora al hombre y no vayáis a creer que lo que habréis de oír es bolazo venido de dichos que cuentan los sabaleros de la boca del Río Reconquista...!

Sabaleros son los que viven en ranchos horcajados en postes de sauce en las orillas del zanjón del puerto.

Zarpan de noche en sus falúas para tirar la red y levantar su pesca: sábalos rechonchos cebados con las sobras que la correntada arrastra desde los mataderos. Al sábalo lo venden para hacer jabón de gelatina y velas finas a las perfumerías y parece mentira que los franceses pidan para hacer sus velitas sin olor algo tan hediondo como la pescadera que cargan esas carretas de sábalo, que, de mañana, cuando suben la barranca de El Retiro, hasta el mercado de la Victoria llega el olor a sábalo podrido, no importa el lado para el que vaya el viento.

Pero más que de la pesca, el sabalero hace su plata por los chelines que junta en el fondeadero cuando llega una temporada de carga.

Basta que entre un barco británico para que salga el sabalero a darle servicio y así se pasa días rema que te rema parado en la falúa y cantando shangós de negros para darse ánimos y no quedarse dormido mientras carga, descarga o le hace alcahueterías a la oficialidad.

Boga parado mirando adelante como postillón de carroza y en épocas de carga se lo ve ir y venir día y noche con la falúa atosigada de ferretería británica y cajas con ajuares de contrabando para las tiendas.

Si lo arrastra a una leva, el sabalero entra al cuartel contando como propia cualquier historia que le sintió decir a un marinero o a un peón de muelles que como él mismo nunca tripuló nada más allá de los playones de Quilmes, o de la Banda Oriental del Uruguay en el mejor de los casos.

Bastaba que mentasen los sabaleros para que el marino saltara a corregir y arrancara de nuevo con su cantilena de la flota.

Y entonces sí más de uno, deseoso de dormir y encarpado hasta la coronilla bajo su poncho, habrá pedido al cielo que se muriera de una vez, o que se murieran todos de una vez para no escuchar más y hundirse por fin en el fondo de algún pozo sin ruido.

Muerto, por milagro, hasta el momento, nadie había muerto.

Y que se muera, más que a ninguno se le debió desear al cordobés que perdió un tobiano, el potro que el fraile de Mercedes donó para que le entregasen como prenda al cacique si se daba la necesidad de apaciguarlo.

—No maten pampas, no se dejen matar por un malón, esténse siempre bien lejecitos de la indiada... Y si les cruzan sean más amistosos que ellos y van a ver que se los ganan... —dijo el de sotana y se entendió que quería decir que cuidasen la pólvora que el Señor la creó para apurar al infierno a los herejes de Cristo y al Sanguinario Hispánico y no para asesinar salvajes que, según él, eran los inocentes más preferidos de Dios.

Buen domador, el cordobés venía encargado de cuidar los pingos de remonta, pero chuzándolo para mostrarle a una china el corcoveo del potro, en una distracción le permitió escapar. La caballada estuvo arisca toda la jornada y pasaron muchos días y al desmontar y reunir los pingos antes de hacer noche seguía sintiéndose la falta de ese brillo nervioso del tobiano del cura.

Y quien por recordar al potro y su pelo lujoso y quien otro por acordarse del fraile, todos habrán rezado alguna vez pidiendo que el cordobés se desnuque en una rodada o que le caiga encima del cielo una de esas piedras que pasan de noche ardiendo y van a dar al valle de los cometas entre las sierras de Tandil.

Hasta dormido se le deseó la muerte. Y a nadie le pareció que la espantada fue una tontera de momento, ni un accidente que a quienquiera le puede llegar a ocurrir. Pura maldad, pensaban todos.

En cambio bastaba que el marinero cerrara la boca o que se apartara a la vanguardia cuando las bestias olisqueaban salvajes cerca, para que nadie le deseara daño y todos lo respetaran, igual que cuando estaba dormido, manso.

Era uno de esos que, haciendo, convence más que con cualquier cosa que se le oiga decir, pero como nadie puede cerrarse las orejas basta que abra la boca para que la gente sople y busque verle la cara a otros para mirarse compadeciendo lo que van a tener que aguantar.

Pero la vez que se le oyó gritar:
—¡Por el sol...!
Y más cuando para explicarlo refirió que hasta el pirata menos disciplinado sabía que viendo de dónde salió el sol bastaba orzar o derivar conforme al viento para rumbear al lado contrario del horizonte y así ganar el oeste, que en el Mar Sur siempre va a dar a tierra firme, los que entendieron dijeron sí. Y los más cavilosos se dieron a pensar que, de tarde, mirando el punto por donde baje el sol, tendrían noticia justa de cuánto se fueron desviando por no tener en esa pampa nada hacia lo que enfilar y por las propias distracciones que comete el hombre cuando anda medio desorientado.

No sé si se comprende, pero esa noche a todos les resultó tan atinado que les nació como una gratitud con el marino, mas no por eso iban a dejar de escaparle cuando amenazaba empezar la cantilena, ni dejarían de festejar a los que se burlaban, que cada día eran más y que el hombre escuchaba como si se rieran de otro.

Aunque pensándolo mejor, si por las risotadas entendió que lo estaban burlando, no es de descartar que se diera por contento con que sus dichos se repitan y que cada quien lo tome como quiera tomarlo, puesto que para eso debió haberlos repetido tanto.

Mirar de dónde sale el sol: quien más, quien menos, todos se habrán dormido reprochándose por qué esa idea no se les cruzó por la cabeza a ellos.

Pero por cuerdo que sea el hombre, él propone las cosas y es siempre la desgracia lo que termina disponiéndolas.

Así en los pueblos como en la pampa, o al menos en esos lados de la pampa y en el tiempo contado desde la noche en que el marinero gritó la idea del sol, y hasta cuando ya nadie más la quiso recordar, el sol nunca nació desde ninguna parte.

Amanecer en esa pampa quería decir ver de repente que el cielo negro se iluminaba y que bien alto arriba se le formaba como una cúpula de fuego anaranjado.

Por ahí debía andar ubicado el sol, pero tan lejos, y a tal distancia del piso del horizonte, que para averiguar por dónde había empezado a levantarse, un hombre iba a tener que aguantarse quieto todo el tiempo, mirándose la sombra y clavando una cañita cada media hora para después seguir con un solo ojo la línea de cañas o de estacas, que, si había una lógica en todo eso, tendría que acabar apuntando justo al sitio donde debió haber iniciado su recorrida el sol.

Venía a ser una cuestión de paciencia: justo a esa altura de la marcha cuando a cualquiera se le podía pedir de todo menos paciencia.

Al principio se habló de tener hormiga y la tropa se dio a decir que tenía hormigas, pero después uno habló de que tenía lagartijas, vino otro que por gracioso lo agrandó más y dijo que él tenía una culebra, otro figuró que él tenía serpientes yarará y al final varios terminaron diciendo que sentían potros cimarrones galopándoles. Cada quien lo agrandaba como podía buscando la forma más graciosa para decir que sentían un movimiento incontrolable de algo animal, justo en ese lugar, en el culo.

Venía la luz y ni matear buscaban. Pensaban nada más que en arrancar y avanzar y ni tiempo se daban para discutir desde cuál rumbo habían venido a dar al sitio donde les tocó hacer noche: saltaba uno y señalaba un lugar con su rebenque, y en cuanto terminaba de ensillar y alzar las cosas, todos apuntaban para ese lado sin que nadie se lo discutiera. Por instinto, los caballos caracoleaban, resoplaban y sacudían las crines tascando el freno y dándose ímpetu para salir galopando en esa misma dirección.

El plan de sol, para los que pudieron entenderlo, decía que cuando el sol se pusiera el lugar mismo donde lo viesen desaparecer, iría a enseñar la corrección, o sea, cuánto se habían venido desviando del rumbo a lo largo del día.

Pero tal como salía el sol también la noche bajaba de repente, como si además del sol, a todo lo que había sido luz y camino se lo hubiera tragado aquel vacío de la pampa.

Ese vacío que más de uno pensó que iba a terminar chupándoselos a todos.

Y no de a uno en uno: a todos de una vez, tal como venía haciendo con el sol y como el día menos pensado estaba por hacer con el verano, con las chatas cargadas de cajas de fusiles y munición que siempre se demoraban y con todas las cosas, menos con esa tierra de pasto tan igual legua a legua y semana tras semana, que era imposible calcular cómo podrían hacerla desaparecer.

El sol arriba, la tierra abajo, y adelante más tierra igual. De noche y todo alrededor, la pura oscuridad y el picoteo lustroso de las estrellas techando.

Atrás, uno que otro quejido de hombre en sueños y el griterío salteado de las chinas, que ahora que nadie se arrimaba a pedirles servicio, hacían ruido entre ellas para que se creyera que algún hombre había vuelto a solicitarlas.

131

Ya tenían miedo de que, por no necesitarlas, una mañana los hombres les quiten la carreta y los pingos y las dejen ahí para que se las lleven los salvajes si antes no las prendía fuego el sol o las helaba la primera noche del invierno que debía estar pronto a venir.

Pobres chinas: de tan montadas por milicos puebleros, debió habérseles hecho una doctrina el miedo al indio, y ni se les cruzaba el pensamiento de que en la toldería no la iban a pasar peor que carreteando siempre media legua o media hora atrás de la tropa.

Porque seguro los salvajes las solicitarían menos salteado y las obsequiarían mejor que éstos que más ganas tenían de llegar y juntarse con los que iban a volver a empezar, cuanto más seguros estaban de no estar yendo hacia ninguna parte.

Huellas, jamás ni una pudieron encontrar.

¿Quién no tiene oídas historias de baqueanos que encuentran huellas donde nadie las supo ver, y van marcándolas cortando yuyos mordisqueados por la hacienda de un rodeo, mostrando raíces pisoteadas por un potrillo de dos meses, y confirmándole al descreído que andan siempre en lo cierto anticipando cuando tendrían a la vista una res carneada por la tropa, o un rescoldo de leña de una fogata y señalando lejos el sitio donde tendrían que aparecer esos montones de bosta en seguidilla que marcan el lugar donde pampas o cristianos estuvieron haciendo noche...?

No tenían baqueano. Habían pagado un baqueano que comprometió esperarlos en un puesto de la estancia de Duarte, atrás del bañado de Tortugas.

Pero cuando pasaron por el puesto encontraron a una india feísima que tenía un solo diente arriba. Era la mujer del baqueano.

Parecía vieja. Temblaba toda por el miedo. Pero si había parido esos dos chicos, que decían ser los hijos del baqueano, tan vieja no debía ser.

Cuando pudo hablar, dijo medio en castilla medio en pampa, que los que le pagaron al marido habían pasado muchos días antes, que el jefe era un coronel y que la comitiva de más de cuatro manos —serían cuarenta— con carretas y mucho gauchaje a la rastra había rumbeado de prisa al sur porque hacían posta esa noche misma en los corrales de Buenos Aires.

Empezaron a creerle cuando les mostró un tirador con las monedas que había dejado el coronel: libras británicas y pesos fuerte con cuño de oro, mezcladas con muchos cobres del Paraguay y contos dorados del Imperio del Brasil.

Muerta de miedo, quería devolver el tirador y dejarles el mayor de los críos que les juró que ya era muy baqueano y hasta mejor peleador que el padre.

Contenta ella y triste el chico quedaron cuando nadie aceptó sacarle las monedas y todos se jactaron de que se las iban a arreglar sin baqueano.

Después, cuando se vio que ni uno era capaz de descubrir huellas ni de adivinar cosas conforme el estado del pasto, unos se lamentaron de no haber traído al chico, y otros los consolaron hablando de que estaban mejor así, porque con tan mal ánimo ningún baqueano les iba a durar y a la primera desesperanza le iban a cargar la culpa de todo y ya estaría degollado, o tan enemistado que los iría arreando directo a donde olfateara que podía estar el malón.

De las mentadas marcas en el horizonte —el palo, el árbol, la lomada, el pastizal de un color diferente: todo lo que se enseña en la milicia— ni una vez alcanzaron a ver ejemplos en tantos días de marchar ilusionados con el punto de encuentro.

133

Casi seguro muchos habrán pensado en el viento. Y más por el rencor que les quedó después del entusiasmo con el método del sol.

Sin exagerar ni un poco más: aunque pensar, lo que se dice pensar, es algo que se le podía atribuir a pocos de los que tuvieron idea de volver a empezar, y casi a nadie entre los que se les fueron agregando, no es difícil que alguien también haya pensado en el viento.

Porque esta pampa te hace cavilador: será la forma de marchar, que a los pocos trancos acompasa a hombres, montas y animales de carga. O por el silencio de las paradas.

¿O por la tanta luz que palma y no bien se hace el oscuro, comés algo y te caés dormido hundiéndote ahí como cascote en la laguna...?

Cascotes no. Y mucho menos piedra: ni una se alcanzó a ver en tantos días de marcha. El suelo siempre igual: pasto y más pasto. Y hurgando bajo el pasto, terrones negros y tan secos que no se entiende cómo se las compone el yuyal para guardar un verde tan fresco que se nota por el engorde de la monta y de la carne de reserva más que con los ojos, que se acostumbran rápido a ver verde y todo puro verde hasta que el sol se esconde y no se ve más nada.

Ya en una de las primeras noches, y a punto de dormirse, alguien hablaba de dar gracias al pasto porque si no ya habrían clavado guampa en la tierra, y cuando desde lo oscuro sonó una voz diciendo que a ese pasto lo regaba el rocío, y, aunque nadie había visto rocío y nunca un poncho amaneció mojado ni con ese olor a bicho que le vuelve al pelo de la vicuña con la humedad, se dijo que el hombre debía tener razón.

Varios se habían dormido. Se oía roncar de un lado y de otro, y después la cantilena del de la flota que había cantado por primera vez:

134

"los boniiiiiitos barcos del Asia...
los boniiiiiitos barcos de aquí...
alguno me llevará lejos,
lejos, muy lejos de ti...
bon bon, bon bin
bonita no llores por mí..."

Cantaba para él solo: nadie lo quería oír. Pero en aquellos primeros días de marcha después de resignarse a tantas cosas con tal de ir a juntarse con los que querían empezar otra vez, era más fácil tolerarlo que encontrar voluntad de pedir que se calle, hasta cuando se ponía más pesado, cambiaba de tonada y poniendo voz gruesa de africano repetía:

"qué mal... qué mal... qué mal
qué mal armé mi barco...
la proa parece un balcón...
la popa parece zapallo...
las velas parecen cartón...

y el mástil, el mástil...
qué mal armé mi mástil...
parece rezarle al tifón
que venga que venga
que venga el temporal
y el barco mal armado
se vaya al carajo en el mar..."

Alguno ha de andar todavía vivo capaz de recordárselo mejor.

Tanto repitió el canto en esos primeros días de marcha que antes de que le quedara El Marino, los que no le sabían el verdadero nombre —Esteban— le decían "malarmado", y los más puercos "el malarmeado".

Ahí en la peor oscuridad cada cual sabía bien dónde tenía su poncho porque lo que empezó como una fila tipo milicia, con cuerpos estirados a la par todo a lo largo de un potrero, los pies para el lado de los carros y la cabeza apuntando del lado del fogón, había terminado formando ese redondel, que era cada vez más respetado y cada vez más se parecía a un círculo dibujado, copia del horizonte igual que los tenía siempre en el medio, dando vueltas y vueltas, camino de borrachos. Borrachos sin tomar. Por cansancio, por pampa y por desánimo: tres venenos peores que el peor aguardiente y que a cada quien le producía el peor efecto que su vida y los daños que debió haber hecho en su vida lo hicieron merecer.

En un lado, los más juiciosos se resistían al sueño y no era fácil hacérselo reconocer pero igual que a éste que cuenta, algo del canto del marinero se les clavaba en la memoria, y anticipaban con la mente las repeticiones de palabras y estribillos de versos pensando que alguna vez, bajo un alero en un rancho, o haciendo noche en una tierra más amistosa, tratarían de cantarlo.

Eso, a condición de que no hubiese presente alguno de los que ahí estaban cayéndose dormidos, para no llevarles un mal recuerdo.

Se sentía alguna puteada contra el marinero, y la voz ceceosa volviendo a empezar:

"no me gusta la carne
no me gustan los libros
       me voy al mar, me voy al mar
no me gusta la gente
no me gustan las casas
       me voy al mar, me voy al mar
ni esa hembra ni ese crío

ni el jardín ni la estufa
son para mí... ¡me voy al mar!
prefiero las tormentas
prefiero naufragar
porque ahogado en el fondo
sabré cantar, sabré cantar"

—¡Putas que los parió al marino...! ¡Se me pegó el cantito...! —protestó un teniente chiquilín, como que hablaba para sí, pero a la par de unos criollos que le habían hecho custodia en una avanzada.

Se contó que lo había dicho sin rabia y que con medias palabras les dio a entender que cada vez que montaba y aflojaba las riendas empezaba a sonarle dentro de la cabeza "mi boni, mi boni, mi boni".

Que el pingo —el suyo o cualquier otro de remonta que ensillara para darle un respiro a su zaino— también parecía conocerlo y moverse marcando el paso del cantito. Y que ni trotando ni galopando —dicen que se quejaba— conseguía que parara de sonarle dentro de la cabeza y en las patas del pingo.

Por maldad o por vergüenza, nadie lo quiso consolar y se murió mucho después, lanceado por la caballería del Imperio y sin saber que a muchos les estaba pasando igual, pero que no tenían las bolas colocadas como tendrían que estar para reconocer que a ellos también se les había metido.

Por ahí alguno, rezagado o medio alejado de la formación, se lo habrá dicho a su caballo en secreto. Pero reconocerlo era tan difícil como hablar de que no estaban haciendo más que dar vueltas y vueltas al eje de la noria invisible del medio de la pampa. Estirando un cascarón de yuyos. Un pedazo apenas de la Creación que dejó Dios nada más que para que ellos y uno que otro araucano siguieran vivos, ignorantes de que ya había pasado el fin del mundo.

Guardarse para uno mismo la tonada o los versos que se le habían pegado para siempre, y hablar de formas de estar seguros de ir en línea recta aunque sea por una jornada, era la única manera de dar a entender que uno también estaba sintiendo algo parecido. El que dos noches seguidas soñó que había un viento que quebraba mástiles altos y anchos como la torre de la catedral, y nunca en su vida había visto un mástil, habló del viento.

Se dijo que amaneciendo el viento era fresco y, tan fuerte, que era capaz de mantener un poncho medio acostado en el aire. Que después iba bajando hasta que apenas daba para que flote el gallardete de la escolta y que, cuando todos querían parar por el hambre y ya la luz del mediodía que encandilaba no permitía ver más, el viento ni se sentía, la bandera caía pegada a la tacuara y bajo las sombrillas de ponchos que se armaban para matear y masticar el charqui de mediodía se notaba que el humo del fogón del mate y de los cigarros de chala se iba derecho para arriba.

Hacia arriba: no al cielo, porque esos mediodías el lugar del cielo lo ocupaba una plancha de luz con un centro redondo amarillo quemante, que debía ser el sol.

Cuando después del mate se siesteaba, y después, cuando empezaba la segunda posta de la jornada, el viento volvía a empezar y seguía creciendo hasta que se hacía noche y como dormían tanto, nadie sabría hasta qué hora seguía aumentando, ni a qué hora empezaba a aflojar.

El último en dormirse nunca debió llegar a más de tres o cuatro mates de los primeros ronquidos, o a la tercera pitada, en esos días en que quedaban tabaco y chalas para armar.

Los que oyeron esa conversación del viento, no bien se hizo la luz lo hablaron con todos, y hasta el momento de palmar como muertos sobre los cueros no se habló ni se pensó en otra cosa.

—El viento es lo menos de fiar que hay... —cabildeaban y en eso estuvo de acuerdo hasta el marino.

El viento no es de fiar, es puro aire y puede ir para cualquier parte.

Allí seguro que le pasaría como a ellos: arrancaría yendo para cualquier parte y de a poco iría cambiando la dirección, según las horas y según vaya a saberse por cuál otra razón si hubiera alguna razón en las cosas.

El marino aprovechó para volver a la cantilena de la flota y dijo que en el mar el viento cambia y arranca del norte y termina viniendo del sur en días normales. Cuando hay tormentas, da vueltas desde el este al oeste y al norte y para ver de dónde viene da a lo mismo mirar la brújula que mirar como llueve porque si está dejando de llover y refresca, seguro ya está viniendo desde el sur, y si sigue caliente el aire seguro viene de un sitio entre el norte y el este.

Allí tampoco se comprendió la explicación, pero oír la palabra brújula y empezar todos a putear contra todos por no habérsele ocurrido a nadie traer una brújula fue casi lo mismo.

El marino apaciguó a los recriminadores cuando dijo que nunca a nadie de la flota se le ocurrió llevar bolas —las boleadoras— ni rebenque a los barcos, y por eso a ellos les sucedió lo mismo.

Eso sí se entendió pero por el calor de la siesta o por la rabia de no tener brújula y llevar en cambio tanto rebenque al pedo, ninguno lo festejó como un chiste, y si pudo haber habido uno que lo escuchó como chiste supo aguantarse las ganas de reír.

Ni hablar de las estrellas. Todos sabían reconocer las Tres Marías, el Lucero y la Cruz del Sur. Pero ahí caía la noche y al mismo tiempo que el Lucero tan verde, aparecía blanquísima y bien alta la Cruz del Sur con los brazos apuntando a los lados, el pie hacia abajo, hacia la propia pampa, y la cabecera apuntando hacia la parte del cielo donde no había ni una estrella y debía ser el sur del firmamento.

¿Pero de qué iría a servirles conocer ese sur, que aunque de día se lo pudiera ver y se mantuviera todo el tiempo a la izquierda de la formación, si giraba, y tal como parecía girar, los haría hacer girar también a la par a ellos?

Y si como la cordura invitaba a pensar se quedaba quieto allí en su lugar: ¿No iba a tenerlos para siempre, igual que ahora, girando alrededor de algo que, por más alto o lejano que fuera, no podía impedir que giraran y no parasen de girar y girar...?

No pensar, mejor.

Buena señal fue que cada vez más seguido aparecieran osamentas. Y en cabezas de vacas y caballos blanqueadas por tanto tiempo al sol casi siempre se encontraba un nido de hornero recién terminado.

Eso algo debía anunciar, aunque el yuyo seguía siendo el mismo, siempre igual, y ni señales de arroyos, lagunas, montes, taperas, ni cosa que se pareciese a restos de fortines.

Los pájaros, pobres bichos aquerenciados donde ni árbol, ni poste, ni piedra elevada hallan para anidar, se conforman con lo único que sobresale un poco de los pastos y empollan huevos y pichones al alcance de culebras, cuises y sabandijas de la tierra que ya han de haberse hecho un vicio el gustito del ave pichona y sus huevos.

El pasto seguía igual, pero nunca faltaba uno a quien le daba por decir que estaban pasando por un brocalón de tierra blanda, y pretendiendo que todos vieran pasto más verde y fresco, detenía a la tropa para cavar y rabdomar y probar que ahí nomás había agua.

Eso pasa por tanto oír historias sobre travesías con sed y de campañas donde la sed hizo más muertos que la indiada, la peste, y el salvajismo hispánico. Pero sobrando tinas de barro y toneles de pino con agua buena de Córdoba no había más razón para atrasarse leguas que darle el gusto a uno que se sintió en el deber de hacer noticia.

—Acá sí...

Siempre había uno que le daba la razón al que se encaprichaba en demostrar que era tierra más blanda, pasto más fresco, yuyo más verde. Y siempre se formaba un pelotón que los rodeaba y les decía que no vieran visiones y que miraran siempre adelante, para no terminar de volver loca a la tropa.

Otros veían un humito, lejos, siempre en el horizonte. Al principio, se apretaba el paso, algunos arrancaban a galopar, las chinas y los reseros que venían a cargo de los animales de carnear empezaban con alaridos y reclamos porque no querían que los de buena monta los dejasen atrás, y cada humo que se creyó haber visto se producía una reyerta y a la noche, calmados los ánimos, todos, menos el que dio la voz de alarma, terminaban reconociendo que no habían visto nada.

Volvieron a encontrar una calavera de caballo con su nido de horneros.
—¡Pobres bichos! —habló alguien.

—Al menos vuelan... —le contestaron.

—En el fuerte de Montevideo, cuando el sitio, los franceses subían en un globo de colores, a vapor de carbón...

—¿Alguien lo vio a eso?

—No... Yo lo sentí decir a las tropas de López y Lamadrid cuando vinieron a hacer diana en el funeral del gobernador...

—¿Y lo creístes vos...?

—Y sí... Les creí. ¿Qué mi costaba creír? —hablaba así el del funeral para que no se le notara la tonadita paraguaya.

—Yo globos vi subir, fueron tan alto arriba que ni se vieron más, pero eran nomás así de grandes... —señalaba con la vaina del sable patrio— como una carpa de carreta a lo más...

—Con globos de esos podés subir y ver de lejos todo lo que haya...

—En esos que yo vi, que eran así —volvía a señalar— no cabía un francés ni nadies...

—Si hicieran globos grandes se podría ver...

—Mierda verías aquí...

—Pasto y más nada, verías aquí...

Cansados, sabiendo que de un momento a otro iba a oscurecer, uno que le había dado la locura de apartarse encontró una cagada y se apareció al galope gritando:

—¡Mierda! ¡Mierda! ¡Mierda!

Y después dijo señalando a un lado:

—¡Vi mierda! ¡Yo hallé mierda allí! ¡Menos de media legua de donde estamos ahora...!

Todos, hasta uno que no entendió, se le arrimaron y desmontaron para abrazarlo, y a los que se fueron arrimando al ver apelotonamiento de caballos, apeaban y los abrazaban y les repetían "mierda mierda", locos de contentos.

Esa noche salían del oscuro voces que hablaban, sin saber bien con quién, porque tendido culo arriba y encarpado en el poncho es difícil que se te reconozca por la voz.

—Fresca al parecer era, uno que andaba bien cerquita debió ser el que la cagó...

—Lástima nos haya desertado el baquiano...

—Lo engañaron... Seguro que los que dejaron el tirador con tantas libras eran los Nacionales...

—De ser así quiere decir que alguno fue y contó...

—¿Que lo contó a qué?

—Que íbamos... Que veníamos... ¡Que vamos a empezar otra vez! ¿Qué más iban a necesitar saber?

—¡Lástima no tener baquiano...!

—Por ahí mejor que no haya... ¿Cuántos éramos?

—Trescientos, creo...

—¿Quien los contó?...

—Nadie contó, trae desgracia contar.

—Contar sí, trae desgracia... —era una voz de más lejos, que acababa de meterse en la conversación.

—Ponéle que seamos cientos, raro con tanto cristiano criado en puro campo, no habemos ni uno que se dea maña para baquiano...

—Culastrones sí que debe de haber...

—Seguro que eso usté lo conoce en carne propia, paisano...

—Será cuestión de que se arrime y pruebe, aparcero... —habló una voz cercana, que como parecía venir de arriba, a alguno más debió darle impresión de que era uno que se cabrió. Por eso salió a calmar los ánimos:

—En Mercedes, por mentar algo parecido, mataron a dos...

—Un baquiano sabría decir, mirando la suciedad, para dónde iba el hombre, y si era un pampa o un cristiano... —otro que quiso cambiar de tema.

143

—Baquiano es el que se da ánimos para inventar siempre, y tiene la fortuna de embocar todas las veces... —pasó el tema de la carne propia, por suerte.

—Dicen que la mierda del indio es seca, porque no come verde, nada más carne y grasa come...

—Seca y dulzona, como la bosta de caballo es la mierda del pampa, porque el salvaje no usa sal...

—No sé... Yo no probé... —era un chiste pero nadie lo festejó.

—Eso de no usar sal fue antes... Ahora el pampa copia todo al cristiano... ¿No es verdad?

—Sí que es verdad... Yo en la frontera vi uno que no más le quitó el facón, las botas y las espuelas a un oficial muerto y hay mismo se los calzó...

—Yo vi indios con reloses y cadena de plata...

—No sabía andar calzado... Andaba como pisando abrojo y agarrame que me caigo... Grandote, el pampa, se pegaba en la panza como si en vez de esquilmarle, se lo hubiera comido al oficial...

—Al indio le gusta más el aguardiente en botella que el de ellos mismos, ese de los jarritos de barro horneado... ¡Son capaces de cambiarte dos mujeres nuevas por una libra de chocolate del Brasil...!

—¿Se atreverá de veras un baquiano a sentirle el gusto a una mierda de indios...?

—Se atreve, o hace como que se atreve: toca con este dedo, y lo lengüetea con este otro... —seguro que sacaba una mano de abajo del poncho, pero nadie lo iría a mirar.

—El baquiano bolacea y acierta siempre...

—Adivinan... Hay gente que tiene el don...

—Pero ahora los indios saben ponerle sal a todo... ¡Seguro que también se roban sal en los malones!

—Hacen de todo menos sembrar... Si nos vieran comer patata y chaucha, ya andarían ellos alzándose con toda la verdura en los malones...

—Podridos de lo verde tendrían que estar los pampas si se criaron aquí...

—¿Pescado comen che en la flota...?

—Casi jamás...

Fácil se reconoció la manera de hablar del Marinero y ahora se me hace que se sintió el ruido de varios acomodándose los cueros y los ponchos para taparse y aguantar mejor la cantilena que se vieron venir. Si fue así, acertaron porque el hombre fue arrancando de a poco:

—Pez casi jamás se come... En la flota de mar no hay quien quiera pescar, en la flota de mar se caza el pulpo y el pez vaca, que es como un perro que acompaña a las naves y se lo arrebata con lanza y cabo engarfiado... Sabe como a la carne de ternera... Pero el marino...

—Ahí arrancó... —confirmó uno.

—No... No... Oye tú... Aprende esto... ¡Que los marinos no gustan de comer al pez vaca pues cuando lo alzan con garfio y cabrestantes, gime como personas! ¡Llora y quien lo haya oído gemir no puede hincarle el diente!

—Suerte que no canta el pez vaca...

—Te he dicho que llora y es como un perro... La carne se la dan a los prisioneros... Y el oficial de mar....

—era la voz hispana.

—¡Canta...!

—No... El oficial pide para sí los sesos y las partes de bajo vientre, si es macho... Oíd esto... ¡El macho tiene sus partes como las de un burro y los oficiales las cuecen en aceite y las devoran...!

—Como los correntinos que se comen la criadilla del toro antes que nada...

—Los marinos prefieren el pulpo y la langosta canastera que se le dice la calamara... El canto dice así...

—iba a cantar.

—¡A babor en la jarcia, que la carne está triste...!

—se le adelantó una voz áspera, como de tomador, aunque aquella noche nadie había dispuesto de ración de caña ni de vino.

—¡Y a los libros del mar tú también los leíste! —era alguien que habló desde lejos, y que imitaba bastante bien.

—No es así... El canto dice:

Calamar Calamar a la mesa
que te quiero comer la cabeza
a mis pies a mis pies hubo un pez
que boqueaba diciendo tal vez
cuando bajes al fondo del mar
serás tú quien esté en mi lugar.

Aquel día el marino había andado por la vanguardia y con una monta de reposta. El caballo era un mañero de esos que más vale dejar que engorde y venderlo para que lo cocinen vivo en el autoclave de una fábrica de velas. Medio ignorante de animales, le creyó al pingo que se había resentido una pata y —cosa de viejos— se negó a venir de vuelta en el anca de alguno de los chiquilines que habían salido a otear con él. Ya estaba por caer noche, y se hizo sus leguas de a pata, trayendo al mañero del cabestro y con la carabina terciada en la espalda.

Debió ser por eso que se durmió de los primeros: gallegueó dos o tres veces la Calamara y no se lo escuchó más ni entró en las últimas conversaciones.

Eran unos que hablaban bajito pero, por eso de empujar cada palabra con el aliento, se los oye mejor que si hablaran sin miedo a despertar o a decir algo de lo que alguien no tiene que enterarse.

Contaban que de un tiempo a esta parte las mujeres estaban diciendo "ponete en mi lugar" cada vez que protestaban por algo. Que era una manera de hablar que empezó en el teatro de los corrales, y enseguida copiaron las damas de la catedral.

—Las más putas de todas...

—Unas más, otras menos... Todas igual son.

—Dice mi mama que más ricas son, más fácil se les hace hacerse putas, porque tienen criadas que les preparan baños todos los días...

—¿De veras?

—Dijo mi mama... Cosas que dicen las mujeres...

—A mí me daba por culiar lavanderas si había morenas o mulatas.

—Nunca yo... ¿De veras son más limpias?

—Vaya a saber... Yo nunca me fijé.

—¡Pero yo te vide unas nochecitas ir con las chinas de las carretas...!

—Y a quién no lo videron...

—Al cura... Al loco Clueco.

—El loco Clueco se culia ovejas y yeguas... Nada más.

—El animal tiene de bueno el no pedir plata...

—Y es más limpio... Ellos mismos se lamen entre ellos...

—Las chinas mismo se lamen entre ellas...

—Pero al ratito se vuelven a empuercar...

—Se lavan nomás cuando tienen la sangría...

—¡Qué chinas puercas...! ¿Sintieron el jedor que largan cuando les viene la sangría?

—Hay quien llega a tirarle ese jedor... ¡Les calienta el jedor!

—Hay loco para todo...

—A mí me gustaba culiarme lavanderas y ni pensé que eran más limpias o menos sucias...

—Ponete en su lugar...

—¡Ponete un dedo en el bujero donde no te dio el sol y deja de hablar güevada...! —de nuevo se escuchó al que quería dormir.

—Disculpemé paisano... ¡Ni se me había cruzado la idea de que mañana tiene que madrugar para alzar la cosecha del máis...! —le contestó uno y cantó:

147

A dormir... A dormir
dijo uno sin saber
que se iba a morir...

Ahora empezaban dichos de pulpería pueblera. Recitó otro:

Negrito Negrito,
dijo el abuelo,
quedate dormidito
aquí en el suelo
antes que el perro ladre
y antes que empiece
a culiar tu madre...

Era un dicho de los payucas, que todavía hoy siguen creyendo que las negras son mejores o peores, pero distintas, tal como les mintieron en tiempos del esclavismo español. Cantaba ahora un payuca:

¿por qué las lavanderas
se harán tan putas...?

taran tan tan tuta
tarán tan tera

porque entran en el río
se lavan solas
me lo dijo mi tío
¡suerte que haiga olas!

—Y lavate las bolas... Y una más y dejar dormir o cargo los trabucos y les aujereo el poncho a todos de macramé... —gritaba ahora la voz del que pretendía dormir.

—¡Cantá la del doctor...!

—No... hoy canto otra mejor... La canta el Lopecito
de Lamadrid que la aprendió en los viajes...
—Ya sé... ¡La del portugués que se hace encima de
gusto...!
—No... Ésa no me la pude aprender todavía... La de
los sacristanes, sentila y aprendetelá:

las señoras pudientes
son todas putas
porque tienen sirvientes
y los disfrutan

las negras les hacen baños
de agua caliente
los negros les dan duchas
de lecheirviente

—¿Qué es lechirvente?
—Algo de la parte de la ducha, con regadora en
flor... ¿No es eso?
—A mí me da otra idea... ¿No viste que los negros
le dicen "laleche" a la salida del varón...?
—¿Al guascazo? ¡Qué asco la leche...!
—¡Qué porquería la leche!
—El masónico propugna leche para los grandes...
Que de grande el hombre siga tomando leche en vez de
vino.
—Los masónicos pidieron una Ley de Obligación
para todas las iglesias que manda a las Iglesias dice que
si quieren enseñar chicos, les tienen que convidar una
copa de leche todos los días...
—¡Pobres criaturitas de Dios...!
—Mi tata quiere que el hijito que tuvieron ahora
vaya a la iglesia para el catecismo y la cartilla...
—Leche le van a dar...
—Se va poner gordito y de los masones...
—Dicen que el señor Mi Coronel es de los masones...

—Decir, dicen todo de todos... ¿Usté acredita que el señor Mi Coronel es de los masones?

—Ni creo ni dejo de creer... Pero a Mi Coronel, no me lo hago de los masones... ¿Y usted?

—"Dificulto dijo Orduna que a un chancho le salga pluma..." —era otro dicho—. Los masones mandan matar: el gringo Mitre, y el Cornelio Domingo Faustino que son los que llevan la voz cantante de los masones mandan matar. ¡Y de qué modo...!

—No me lo veo a Mi Coronel siendo de los masones y mandando a matar de gusto...

—No me lo veo al pelado Domingo Sarmiento tomando leche en copita...

—Yo me lo veo justo para eso... ¡Chupando leche...! Un tiempo que iban a nombrarlo de Plenipotenciario se lo veía todas las tardecitas en la peluquería de la avenida Real...

—Igual que el Mitre... ¡Meta barbero!

—Pero el Mitre tiene pelo... El Domingo anda con toda la ropa arrugada y no tiene pelo...

—Se hacen hacer fomentos de ocalitos para salir sin arruga en los retratos... A eso van al barbero...

—Los masones se la pasan haciéndose retratar...

—El obispo tiene toda la estancia de la catedral cubierta de daguerrotipos con la cara suya...

—El obispo dicen que culea y culea con las mujeres del club de la libertad...

—Las pintadas... ¡Todas putas!

—No se me hace que un obispo se dea tiempo a culiar... Pero si culea, allá él...

—Y allá él, allá justito a la chucha de la madre puta que lo parió...

—Más respeto... Será un obispo o lo que quiera... Pero ése no manda nunca a matar a nadie... El obispo...

—Lo interrumpió el que quería dormir:

—Los voy a hacer cagar con una perdigonada de sal gruesa... Dejen de hablar güevada y dejen dormir a la gente... —Todos se callaron y escucharon que decía en voz baja—: ¡Payucas negros de mierda...!

Nadie se le retobó y nadie más dijo ni una palabra.

Se habrían creído que cargó el trabuco con perdigones de sal y se mandaron a dormir.

Eso es ser mierda: aguantarse cuando te dicen cosas así. Primero de todos se había dormido el marino: cosa muy rara. Es lo peor que hay, quedarse a pata. Mejor preso que a pata. Mejor enfermo o apestado que a pata. Muerto podrá ser peor que a pata, pero es casi lo mismo. Aquí si vas de a pata, te comen los perros cimarrones en menos de dos días. Y si no hay perros, peor: quiere decir que va a haber zorros, jaguares y pajarracos de rapiña que te empiezan a cueriar antes de que termines de morirte.

El tuerto Airas es tuerto de eso: lo lancearon los Asesinos Monárquicos y lo dejaron por muerto, y por hacerse el muerto estirado en el charco de sangre que le salía de un tajito chiquito así, los zorros le comieron una pata y una mano a su pingo y de noche, sintió un chillido: era un carancho que le vino encima y le quitó el ojo completo.

Historias que se cuentan y pueden ser así o de otra manera.

Pero lo que seguro no fue de otra manera es la cara de susto que le quedó al pobre Airas para siempre: un solo ojo. Habría que apurarlo cuando toma y conseguir que diga la verdad: no sería raro que al ojo se lo hayan arrancado los húsares Hispánicos, que eran muy de hacer esa clase de daños.

Lo bueno de la guerra
ya te lo explico
que siempre los que mueren
son los milicos...

Siempre que los yucas cantaban esas cosas, algún oficial se ofendía y les decía que desde ahora ellos también eran milicos y ordenaba que no canten mariconadas de negros y que se recordaran que si no fuera por los milicos del Ejército Libertador, ellos andarían yerrados en los lomos con el sello del nombre del propietario.

Los que mejor peliaron
eran los negros
porque antes de la guerra
ya estaban muertos...

Sin darse cuenta, cada vez más, esas coplas del barrio del Arrime, se cantaban con la tonada de la música rara del marino, como si por tanto y tanto oírla se hubieran olvidado de sus candombes.

Al silencio sin viento de la siguiente siesta no había que ser baqueano ni apretar demasiado la otra oreja contra el yuyo para saber que mucho caballo galopaba cerca de ahí.

Nadie temía al malón. Los que habían hecho campaña contra el indio sabían que un malón dura poco y que nunca termina de matar a todos. Sean pocos o bastantes, los que salen vivos de un malón salen mejor, no tienen miedo a nada y por mucho tiempo no sienten la desgracia.

Si te salvaste de un malón: ¿Qué te puede importar si vas en dirección a un lado o a otro o si estás tardando más o menos a una parte, o si no vas a llegar nunca...?

—Una guasca de burro. Una cagadita de indio. Algo menos que nada te importa cualquier cosa si te salvaste de un malón.

Cierto que el salvaje disfruta como un chico degollando, pero el instinto le manda escapar en cuanto puede alzarse con vituallas y chucherías de la tropa. Eso lo entretiene más que degollar.

Quien conoció lo peor de los cuarteles y de las poblaciones grandes, mucho no puede padecer si los pampas lo hacen cautivo. Sabiendo pelear y siendo macho, es más fácil amistarse con una tribu que con los comisarios y los librepensadores de la capital.

Mal que bien de esa manera se pensaba, y hasta hubo capaces de decirlo frente a toda la tropa.

Más dados a decir las cosas se pusieron en esos días últimos cuando aparecieron montones de ceniza, seguidillas de bosta casi fresca y telas grasientas de envolver que todavía soltaban olor a jamón con pimientos.

Por una cruz de madera —no de palo: de madera de tablas pulidas pintada con barniz como de cajas de fusiles— marcando unos palmos de tierra removida, se notaba que habían pasado cristianos enterrando sus muertos como es debido, y de allí en más —pobre la caballada—, se apretó el paso y se acortaron los siesteos.

La desesperación es cosa tan complicada que no sería propio decir que alguien hubiera desesperado.

La pampa tiene algo que no permite desesperar.

Desesperanza sí: lo mismo que lo pone cavilador y que no permite desesperar al hombre, causa desesperanza: la idea de volver a empezar y el plan de juntarse seguían ahí pero como algo más certero que una ilusión: igual que el horizonte en círculo, el cielo plano, el sol que nunca se termina de ver y el subir y bajar del viento, era como si ya se hubieran juntado, o si ya hubieran empezado otra vez.

Una noche de frío, justo antes de que se iluminara el cielo, muchos se despertaron por unos alaridos o por la agitación que los alaridos produjeron en la caballada y en la hacienda.

Era una vaca que había parido: algo normal, pero resultó extraño que entre tanto peón de campo, estanciero y entendido en animales nadie se hubiera dado cuenta de que venían arreando una preñada.

El ternero apenas se mantenía parado, y si alguien pensó carnearlo ahí mismo se lo guardó cuando una china dio la idea de que lo dejaran con la vaca y pasto para alimentarse no le iba a faltar.

Un oriental pidió que también dejaran a un novillo que ya habían visto tratando de montarse a otras bestias para que se hagan compañía entre los tres y por ahí a la vuelta encuentren una manada de cimarrones y se lo puede arrear de vuelta a las poblaciones.

Sin esperar que los principales cabildearan y diesen aprobación, el oriental espantó al novillo, y el animal, como si lo hubiera oído, se apartó del arreo y, obediente, se arrimó a la vaca que los miraba mientras la cría le cabeceaba la tetas.

La pampa siempre paga, dicen.

Será un decir, pero esa misma tarde encontraron una carreta abandonada con su carga completa de leña.

Pintura verde, y el eje partido, mostraban que alguna caravana de los nacionales la había dejado ahí por no darse tiempo o maña para arreglarla. No fue difícil hacer lugar para esos palos de quebracho en las chatas de carga, aliviadas de tanto que se comió y chupó en las primeras semanas de marcha.

Y al rato nomás, cuando empezaba a oscurecer, un barullo que parecía subir desde abajo del pasto, asustó mucho hasta que los que habían hecho campañas reconocieron el templeteo de una estampida de jabalíes.

Lo estaban explicando cuando apareció una hilera de ñandús escapando de la nube de polvo que avanzaba hacia ellos. Apenas tiempo tuvieron para contener a los artilleros que querían disparar su culebrina al bulto, como si desviándolos con el ruido se pudiera evitar que la chanchería le pase por encima a todo lo que no sea pasto. Que cebaran el gollete de los cañones con pólvora húmeda y trapos engrasados y embebidos de parafina fue la orden de los fogueados en casos casi iguales.

—Había que ser una manga de cagatintas para no haber traído perros dogos —se dijo mientras la mayoría seguía montada, y nadie acertaba a elegir entre apearse y escapar al galope y rogar que no fallara el fulminante ni se apagaran las estopas que tanto demoró el yesquero en ponerlas a arder.

Contar dicen que llama a la desgracia, pero doscientos, o trescientos, sus montas, su caballada de reposta y otras tantas bestias de carga y de servicio quedaron envueltas en una humareda acre, con los ojos chorreando, la boca hinchada, y la cara negra del pegoteo de lágrimas y hollín.

Y el tironeo de estómago que produce el trueno del cañón cuando se ha perdido la costumbre.

Por la humareda, pocos llegaron a ver la retaguardia de los chanchos huyendo, muchos de ellos con el lomo pegoteado de grasa ardiendo antes de perderse de vista se convertían en bolas de llamas aullantes que dejaban una estela de humo blanco con olor a pelo quemado.

La monta respondió con más prudencia que la tropa y las chinas de atrás que lloraban a los gritos y pedían socorro y auxilio no se sabe pensando en quién las iría a escuchar.

Algunos vomitaron y quien pudo cargó la carabina para hacerse de algún chancho paralizado que se atrasó en dar su media vuelta y emprender la disparada en sentido contrario.

—Así también nosotros —dijo alguien, el primero que habló desde el montón que había buscado reparo detrás de las carretas.

Todos tosiendo o vomitando, nadie trató de averiguar a qué venía esa frase que sonaba a sermón de cura iluminado.

Pero la pampa paga, o al menos te hace sentir que asusta de repente para que cualquier cosa que después consigas sacarle te parezca un premio.

Con semanas y más semanas de marcha carneando vaca y asando y comiendo carne de vaca las más de las veces, y cuando no, charqui y carne de cordero o de vaca en conserva de grasa con pimiento, ver asarse a los chanchos y saborear una carne que no fuera de oveja o vaca fue para la gente una fiesta como cuando al cabo de meses de comer nada más que ázimo y pescado hervido, un tripulante de la flota de mar llega con plata dulce a la primera posada del puerto y ve la mesa grande llena de pollo asado, cuadriles frescos y hojas verdes, manzanas y naranjas jugosas.

Horas costó cuerear y asar una docena de chanchos o jabalís de carne dura y tan fuerte que justificó meter espiches en uno de los toneles de carlón que venían reservados para el encuentro que cada vez parecía más lejano, menos posible.

Muchos cayeron dormidos antes de que los asadores empezaran a trozar costillares crudones para alcanzarle a la cola de los más hambrientos.

Y cuando los que tuvieron paciencia de esperar que las carnes estuviesen a punto empezaban a disfrutarla en medio de esa oscuridad, ya el vino se había terminado y los apresurados, medio borrachos, se habían dormido sin tiempo de cubrirse bajo sus ponchos.

Algunos quedaron tirados lejos de sus monturas y sus cueros. Mullaban y eructaban dormidos. Hablaban en sueños. Se quejaban. Unos soltaban un grito como de terror, de mucho miedo, otro una risa larga, y entre tanto cuerpo tirado, como una aparición, se veía un fanal de parafina flotando en el aire, hamacándose a un metro de altura, apareciendo y desapareciendo por distintos lados del campamento.

A veces la luz dejaba ver la sombra del que lo sostenía. Era uno que rondaba por el campamento, buscando jarros abandonados para recuperar el restito de vino que alguno se habría dormido sin tomar.

Todo se oscurecía en los momentos en que esa figura se inclinaba y apoyaba el fanal en el pasto para alzar un jarro. Después, alumbrado desde abajo, se veía con cuánta paciencia trasvasaba unas gotitas a algo que sería una bota de cuero, o un cuenco de barro.

No parecía apurado: terminaba de vaciar el jarrito, lo apoyaba en el pasto sin hacer ruido, como cuidando no despertar, y recién entonces levantaba el farol y volvía a convertirse en una forma amarillenta que flotaba sobre los cuerpos.

Pasó dos y hasta tres o cuatro veces por los mismos lugares, buscando y buscando. Siguió juntando vino hasta que la luz amarilla empezó a arder, chisporroteando como señal de que la parafina se acababa. Ya oscuro, se lo dejó de ver. Estaría tumbado en sus cueros tomándose el poco vino que pudo conseguir. Se habrá dormido medio mamado, creyéndose hasta el final que era el único despierto en toda la tropa. El viento soplaba bastante fresco, como siempre a medianoche.

El olor de la grasa de chancho quemada y el de la tierra y el pasto verde que algún prudente paleó para sofocar la lumbre del asado, no bastaron para limpiar el olor a pólvora de aquellos pocos cañonazos de la tarde. Es un olor que impregna el cuero de las monturas, la piel de oveja de los aperos y las lanas de ponchos y casacas. Dicen que por el azufre que le ponen al explosivo el olor de la pólvora se parece al hedor que despide el Diablo: difícil que sea verdad. Pero sí es cierto que se te entra en la cabeza y no se va. Por eso debe ser que el artillero tiene fama de loco: se jacta de la potencia del ruido de sus explosiones, más bien truenos que hasta al más curtido le revuelven las tripas y lo hacen vomitar.

Lo ves apenas en medio de la cerrazón de su humareda y está saltando por los ruidos, pero él, bailándolos de contento: salta igual que vos con la música de sus explosiones.

Como el lancero, el domador, el baqueano, y como los que nunca erran un tiro con carabina o con fusil, el artillero no más por ser como es se piensa el mejor de todos.

En guerra es bueno que cada cual se crea mejor que todos los demás. Entre los artilleros abundan los que les falta un dedo que en algún zafarrancho se quedó atravesado en un cerrojo o se hizo de carbón en una escapada de gas de la fogonadura de un serpentín de treinta onzas. No pocos son mancos, tuertos o quedaron desfigurados por quemaduras en la cara.

Pero cada vez que vuelve la hora de juntarse a pelear, eligen de nuevo el polvorín y los cañones, aunque por méritos o acomodo les ofrezcan cargos de intendencia, que son los que codician todos porque habilitan a ser primero en todos los repartos y, a veces, a quedarse con la paga de muertos y desertores.

Chasquis, domadores, lanceros y jinetes de tiro rápido: todos tienen una ilusión de revistar una temporada en intendencia. En cambio el artillero se empecina en no estar nunca lejos de sus fierros y polvorines.

Los artilleros cantan sus zambas:

somos los artilleros
los que al pie de un cañón
clavan rodilla en tierra
porque a la guerra
van por amor...

Como todos, hasta el mismo corneta de la banda, los de artillería saben que les puede tocar morir, pero igual que el fusilero y los de caballería rápida, viven convencidos de que ellos son los que más mueren, o los primeros en morir. Cantan pidiendo a la mujer:

cuando recés por mí
quiero que le pidas a Dios
que si la muerte gana
me lleve a un cielo
donde estés vos.

Y como todos los demás, en la guerra se la pasan pensando en la mujer, pero seguro que cuando están un tiempo con la mujer y arreglan el rancho, empiezan a pensar otra vez en la guerra y en esos truenos de la pólvora que sólo ellos se pueden aguantar.

Y además, les gustan.

Los artilleros hacen cantos contra la lluvia, para ellos más enemiga que el Odiado Español, porque bastan dos días de lluvia para que la pólvora se les vuelva pelmaza y tengan que seguir cargando balas, metrallas y cañones de puro adorno, y deslomarse empujándolos en el piso barroso.

Pero en esos últimos días ni ellos han de haber pensado en la lluvia.

La pampa tiene también eso: te malacostumbra a lo que lleva a creer que es: ni el marinero, que nunca paró de hablar de tormentas y de cantar canciones y contar dichos sobre temporales y huracanes debió haber pensado en serio en la lluvia.

Pero al final llovió.

Todo llovió.

El día siguiente de la corrida de los chanchos amaneció nublado y sin viento, y no bien se apearon a mediodía para matear, empezaron las gotas anchas.

Fue una lluvia cansina, de esas que con el calor y el poco viento ni ruido hacen.

Pero de a poco oscureció, tronó, empezaron los refucilos, y nadie hablaba porque no se escuchaba ni lo que te decía el del costado.

Ya antes de hacerse noche los animales andaban asustados y rebeldes y, al apearse, la tropa se encontraba con el agua hasta la rodilla y el cuerpo hecho un temblor, de frío.

Cuando oscureció, fue peor: los pingos se entendían entre ellos mismos mejor que los cristianos. Como si hubieran resuelto no parar, se rebelaban al freno y elegían su camino. Y eso fue lo único acertado que hizo la tropa: resignarse a obedecerle a la caballada.

Otra vez más resultó cierto que lo mejor que hacés resulta que lo hacés cuando no podés hacer otra cosa.

Después se habló de que había que agradecerle a la caballada que tan pocos se perdieran en esa noche de frío y desinteligencia.

Si no se podía ver nada: todo era oscuridad y lluvia, y no bien refucilaba o se cruzaba un rayo por el cielo, el resplandor encandilaba tanto que apenas se podía ver el borde de las sombras que venían un paso adelante.

Y escuchar, se escuchaban sólo la lluvia y truenos, y de momentos, el chapoteo a los gritos de alguno que rodó y pedía auxilio o gritaba por Dios hasta que, sin querer, algún caballo que venía atrás lo pechaba y lo empujaba de vuelta a la grupa de su monta.

De cuando en cuando, una puteada se alcanzaba a oír.

Al volver la luz se supo que faltaban las carretas de las chinas, más de la mitad de la hacienda, y dos de las chatas de munición, que por el peso se habrán clavado en el barro, y, sin nadie que las suelte, se habrán ahogado las pobres yeguas de tiro.

Caían gotas más finas y mucho más frías que las de la noche. El agua llegaba hasta la cincha del caballo y la correntada se llevaba todo lo que no supiera flotar. El agua se estaba llevando todo un parque de leña que parecía un camalote y se perdió de vista sin darle a nadie ganas de recuperar algo de tanto que se veía perder.

Si alguien queda por ahí y cuenta que temblaba del frío y no por miedo, macanea o es de los tantos que ahora se hacen pasar por haber entrado en esta marcha, pero que a su debido tiempo no se animaron a venir.

Vos estás solo y desarmado, se te viene un malón, y al menos te mueren los salvajes con el consuelo de haber hecho como que les ibas a pelear. Pero al agua puta y a la corriente que te arrastra no le podés pelear ni hacerle cara de nada para engañarla. No podés nada.

Cuando se empezó a poder oír y a hablar, algunos temerosos de que siguiera subiendo más el agua y empezaran a ahogarse o a desbocarse del todo los caballos, pidieron subir corriente arriba, buscando tierras altas.

Como si con un solo día de lluvia se hubieran olvidado de todo lo plana que era esa pampa. Como si no se dieran cuenta de que cuando los animales mandan, ya nadie va a poderles mandar.

O por facilidad o por instinto —no se puede saber— la caballada sólo aceptaba ir a favor de la corriente. Al paso por momentos, y casi braceando, como nadando, la mayor parte de la jornada, fueron los pingos los que decidieron el camino.

No hubo posta. Ni hubo dónde parar ni motivo para parar: con las carretas medio flotando y las otras a los tumbos, tapadas de agua hasta lo más alto de la carga, no había dónde hacer fuego ni ilusión de matear. Charqui y galleta hubo para el hambre. Y nada para el frío.

Más finas se hacían las gotas, más clara era la visión de la pampa cubierta de agua marrón y correntada, más frío pasaba las ropas y más hombres se desmontaban. Ésos, atados a las riendas, se hacían arrastrar como bolsa de pesca: así aliviaban a sus pingos y aguantaban mejor el frío, porque todo lo que cubriera el agua marrón no padecía las gotitas heladas y el viento frío que venía de frente.

Porque venía del lado hacia el que tiraba la corriente, que después se supo que era el sur.

—Oscurece temprano —dijo alguien y lo fueron repitiendo a los lados y hacia adelante como si la noticia fuese la orden de un comandante.

Pero no era que oscureciese antes de lo debido: era por el miedo de ahogarse o de perderse, que era casi lo mismo, y por no tener nada que hacer más que dejarse llevar adelante por el agua y por el tiempo que el susto hacía pasar más rápido.

Mago debió ser el sargento que consiguió dar lumbre a una linterna de aceite, y, aprovechando la mecha uno que no habrá querido irse de este mundo sin una buena acción hizo aparecer una gruesa de chalas finitos que traía escondidos en un buche de ciervo y fue prendiéndolos y haciéndolos pasar, de modo que casi toda la tropa pudo fumar al menos su medio pucho húmedo y hubo un momento en el que toda la tropa estuvo montada bien derecha y fumando. ¡Lástima que no hubiera un salvaje ni un criminal hispánico que, viéndonos desde lejos, se quedara con esa impresión de cosa digna y milicia que debimos dar en el agua!

Había parado de llover cuando se pintaron unas estrellas bien adelante y nadie quería mirar la oscuridad de atrás, seguros de que chatas y carretas se habían perdido.

Unos más y otros menos, casi todos se durmieron montados, o enganchados a las riendas y quien pudo, medio se durmió tendido en el lomo de su pingo.

Si otros vieron la luz, se la callaron. Primero apareció como una llamita amarilla que se podía confundir con una estrella, pero era al sur, en el lado del cielo donde nunca hay estrellas.

Ya antes de amanecer era una luz blanca y alta y los despiertos y los que aprovechaban una atropellada de su pingo para saludar y dar noticias de que no se habían ahogado, si la vieron no dijeron una palabra.

Y si alguien despierto llega a decir que no la vio, o era ciego o se pasó a la noche con los ojos apretados de miedo.

Ahora se entiende que, no más por verla, esperanzaba.

Más que los ruidos de galope y esos humitos de espejismo que tanto encarajinamiento provocaron antes de la lluvia, esperanzaba.

Y así como sin necesidad de hablarse y sin mirarse, los caballos supieron para dónde tenían que tirar, la tropa obedeció la orden de callarse, que nadie dio, para no ilusionar demasiado y para no llamar de nuevo a la desgracia de no saber a dónde se iba yendo.

Lo que nunca se va a terminar de comprender es por qué aquella tarde, pisando de nuevo seco y colgando ponchos, chaquetas y chiripás en los tientos que les tendieron entre los postes del fortín para que, a falta de sol, el viento los secara, nadie se jactó de haber notado la señal desde el comienzo, cuando todavía goteaba grueso.

—¡Estábamos seguros de que la correntada tenía que arrimarlos...! —dijo, mejor dicho, dijeron los varios oficiales cuando todavía contentos de agregar tanta tropa y de recibir tanto güinchister y munición de lujo como los que por milagro les salvamos del agua, andaban confianzudos entre los nuestros y todavía no habían empezado a mandonear.

—¡Por eso quemamos todo el aceite para hacer farola en el mangruyo...! —decían, como si quisieran cobrar esa miseria de aceite que gastó el fuego.

Milicos hijos de mil putas.

Cierto que pusieron sus peones a preparar ollas de locro y asadores, y dispusieron tientos entre las tablaestacas del fuerte para secarnos todo al viento y nos hicieron sitio para dormir en la barraca que llamaban la plaza de armas.

Pero carnearon los mejores terneros que a puro lazo habíamos salvado del aguacero y la corriente, y escatimaron el tabaco y guardaron en el polvorín los toneles de vino y las tinas de aguardiente que trajimos.

No se niega que brindaron guitarreadas, pero tristes, porque escuchar música de verdad por primera vez en tanto tiempo, puso a los nuestros a pensar en todo lo que se había perdido, las tres carretas, unas chatas de munición, las pobres chinas y las bajas de personal que nadie quiso tomar lista porque, a no dudarlo: contar es llamar la desgracia, y para contar, en el fortín sobraban escribientes y pícaros de intendencia entre quienes, desde los oficiales hasta el último chiquilín recién incorporado de conscripto, todos andaban como si fueran los dueños de la plaza, de la sierra petisa donde a los apurones habían edificado el fuerte y de toda la pampa, que, no aquel atardecer en el que se la veía tapada por el agua, sino hasta en el mejor momento del año, nunca serán capaces de cruzar ni de entenderla.

—Son un mal necesario, como la inundación, como la correntada... —se dijo y muchos siguieron repitiéndolo como una novedad, aunque fue el tema de las conversaciones de esa primera noche bajo techo, pero sin chala, con poquísimo vino y con todo ese sueño que se estuvo juntando abajo del agua.

De a uno iban cayendo dormidos, mientras los más fogueados seguían hablando de esto y de los tiempos de privación que se veían venir, disponiendo los ánimos de la gente para que fuera haciéndose a la idea de que la guerra también tiene su parte mierda de dianas, escribientes y contabilidades y de que es menester que el hombre se tome el trabajo de aprender a aguantar si de verdad pretendía juntarse con los que quieren empezar, otra vez, todo de nuevo.

1997

La larga risa de todos estos años

No éramos tan felices, pero si en las reuniones de los sábados alguien hubiese preguntado si éramos felices, ella habría respondido "seguro sí", o me habría consultado con los ojos antes de decir "sí", o tal vez habría dicho directamente "sí", volteando su largo pelo rubio hacia mi lado para incitarme a confirmar a todos que éramos felices, que yo también pensaba que éramos felices. Pero éramos felices. Ya pasó mucho tiempo y sin embargo, si alguien me preguntase si éramos felices diría que sí, que éramos, y creo que ella también diría que fuimos muy felices, o que éramos felices durante aquellos años setenta y cinco, setenta y seis, y hasta bien entrado el año mil novecientos setenta y ocho, después del último verano.

Salía por las tardes, a las dos, o a las tres. Siempre los martes, miércoles y jueves, después de mediodía, se maquillaba, me saludaba con un beso, se iba a hacer puntos y no volvía hasta las nueve de la noche.

A fin de mes, si había dinero, no salía a hacer puntos. Entonces, también aquellas tardes de martes a jueves nos quedábamos charlando, tomando té, o ella se encerraba en el cuarto para mirar televisión mientras yo trabajaba, o me acostaba a descansar sobre la hamaca paraguaya que habíamos colgado en el balcón.

Y si faltaba plata, en la primera semana del mes hacía dos puntos cada tarde: se iba temprano al centro, hacía algún punto, después volvía a nuestro barrio para hacer otro punto por Callao, y yo la esperaba sabiendo que aquella noche llegaría más tarde. Pero siempre teníamos dinero. Hubo caprichos: el viaje a Miami, los muebles de laca con gamuza amarilla y la manía de andar siempre cambiando de auto, ésos fueron los gastos mayores de la época, y como casi nunca nos faltaba plata, ella hacía puntos entre martes y jueves las primeras semanas del mes, llegaba a casa bien temprano, me daba un beso, se cambiaba y se encerraba a cocinar.

A veces pienso que por entonces cada día era tan parecido a los otros, que por esa constancia y esa semejanza se producía nuestra sensación de felicidad.

Salía temprano. Dejaba el taxi en Veinticinco de Mayo y Corrientes y se iba caminando hacia Sarmiento; a veces se entretenía mirando una vidriera de antigüedades, monedas viejas, estampillas. Serían las tres. Había por ahí hombres parados frente a las pizarras de las casas de cambio, gente que copia en sus libretas las cotizaciones, y el precio de los bonos y de los dólares de cada día. Alguno de ésos la miraba.

Entraba al bar de la esquina de la Bolsa. Se hacía servir un té en la barra y generalmente alguien la veía y la reconocía y la citaba. Los conocidos la citaban allí, en el bar de la Bolsa.

Los hombres no podían olvidarla con facilidad.

Si no conseguía cita, pagaba el té, dejaba su propina, se iba caminando por Sarmiento, y en algún quiosco compraba revistas francesas o brasileñas para mirarlas tomando su café en la confitería Richmond de la calle Florida.

Ahí siempre alguien se le acercaba. De lo contrario, poco antes de las cuatro, salía a recorrer Florida hacia la Plaza San Martín mirando vidrieras, o demorándose en las cercanías del Centro Naval y en los barcitos de la zona, llenos de oficiales de paso que dejan sus familias en las bases del sur y sabían de ella.

Si no encontraba un oficial, seguía hasta Charcas y pasaba por la vieja galería, donde nunca solía fallar, porque si los mozos del snack bar la veían sola, le presentaban a los turistas que habían andado por ahí buscando una mujer.

Una mujer. ¿Qué sabrían ellos qué es una mujer? Yo sí sé. Sé que ella era una mujer. No sé si lo sabrán todos los hombres que la encontraban en la Bolsa, en la Richmond, en el Centro Naval, o en algún sitio de su camino entre la Bolsa de Comercio y la galería, pero sé que algunos lo supieron, y fueron sus amigos, y casi amigos míos fueron —los conocí—, y me consta que, por conocerla, algunos de ellos aprendieron qué es una mujer.

Algunas veces se le acercaban hombres de civil fingiendo que buscaban citas, pero ella los descubría —tenía para eso un olfato especial—, y les decía que se fuesen a alcahuetear a otro.

Los especiales, los de la División Moralidad, la dejaban seguir. En cambio, los oficiales nuevos de las comisarías, recién salidos de los cursos, se ofendían y la llevaban detenida a la seccional. Allí tenía que hablar con los de la guardia; mostraba las fotos de publicidad, los documentos, las llaves de casa y las del auto y los jefes le permitían salir. ¿Qué otra cosa podían hacer?

Una noche llegó a casa con un subcomisario.

Yo la esperaba trabajando frente a mi escritorio, y cuando oí la cerradura, miré hacia la puerta para ver su carita sonriente y lo vi a él.

Parecía un profesor de tenis, o un vividor de mujeres ricas. Él notó la expresión de mi cara al oír que me lo presentaban como subcomisario y quedó sorprendido, igual que yo. Me reconoció por aquella película de la Edad Media —la del whisky— y como había pensado que ella vivía sola, miraba mi kimono de yudo, veía el desorden de papeles sobre mi escritorio, y la miraba a ella, averiguando.

Notó un papel de armar entre mis libros. Era un papel americano, con los colores de la bandera yanqui y preguntó si fumábamos. Ella dijo que estaba para ofrecer a las visitas y a él le pareció bien y siguió curioseando entre los libros. Esa primera vez estuvo medio trabado, igual que yo, que jamás esperé que me trajera un policía a casa.

Pero después nos hicimos amigos. Se acostumbró a venir y nos telefoneaba desde el garaje para anunciar que al rato subiría a tomar algo, o a charlar.

Dejaba sus armas en el auto. Para ellos es obligatorio llevar siempre la pistola en su funda de la cintura, o en esas carteritas que usan ahora, pero él, por respeto a la casa, dejaba todo en el garaje.

A veces preguntaba por ella:

—¿Y Franca...? —Parecía amenazarme: "Si decís que no está, seguro que me muero..."

Y yo le explicaba que estaría haciendo puntos, que pronto llegaría, y lo invitaba con un whisky.

Para no molestar, él se quitaba los zapatos, se acostaba en el sillón del living y se quedaba ahí mirando el techo hasta que ella llegara, sólo por verla, aunque estuviesen esperándolo en su oficina, una sección especial de vigilancia que funcionaba cerca de casa en la época de la presidencia de Isabel.

Parecía un instructor de tenis, o el encargado de un yate de lujo. Siempre de sport, bronceado; tenía cuarenta y dos años, pero parecía menor, de treinta o treinta y cinco. Se llamaba Solanas.

Fuimos bastante amigos. No es fácil ahora confesar amistad hacia un policía, pero no ha sido el único. También siento amistad hacia el inspector Fernández, de la Policía Federal, a la que llaman *la mejor del mundo* aunque a él lo tenga destinado a una comisaría de mala muerte, en un barrio donde jamás nada sucede.

A Solanas lo había conocido haciendo puntos. Le habrá cobrado, la primera vez, lo mismo que por entonces les cobraba a todos; serían veinte, o veinticinco mil pesos: unos cien dólares, quinientos millones de ahora. ¿Cómo decirlo si el valor del dinero cambia más que cualquier otra costumbre de la gente...? Desde que se hizo amiga de Solanas y lo empezó a traer a casa, nunca volvió a cobrarle.

Tampoco creo que haya vuelto a acostarse con él: ella diferenciaba a los amigos de los puntos, y entre los puntos distinguía bien a los clientes estables de aquellos hombres ocasionales que aceptaba sólo cuando veía que se le estaba yendo la tarde sin conseguir un conocido. Si los entraba a casa, significaba que ya era amiga de los puntos. Saldrían del hotel, o del departamentito del hombre y entusiasmados, irían a un bar para seguir charlando. Después, cuando llegaba la hora de volver, ella querría volver —necesitaba volver—, se haría acompañar hasta la puerta y si seguía la charla y le seguía el entusiasmo, lo hacía subir a nuestro departamento.

Cuando está comenzando una amistad, nada la puede detener. Por eso, al nuevo amigo ella lo hacía pasar, lo presentaba, y el hombre seguía hablando conmigo mientras ella se cambiaba y se encerraba a cocinar para los tres.

Los que se hacían amigos cenaban en casa; a los que no se querían ir, les preparábamos una camita en el living, y ahí dormían, sin preocuparse por lo que hacíamos en nuestra habitación.

Hasta venir a nuestro departamento nunca un cliente sabía de mí. Yo en cambio sabía de ellos porque Franca me detallaba todo lo que hacía con los puntos. Fue una época. Yo quería averiguar, conocer más. Sentía curiosidad por entender qué había hecho cada tarde, y hasta trataba de imitar, por la noche, lo que ella había estado haciendo con los puntos durante el día.

Por eso conocí, sin haber ido nunca, todos los hoteles que a ella le gustaban, y hasta podía imaginarme los departamentitos de los solteros, y la decoración de los departamentos que alquilan los casados para escaparse un poco de la mujer. Tenía de cada uno de esos lugares una idea tan nítida como la de Franca, que se acostaba allí dos o tres veces por mes.

Parece mentira, pero la gente, hasta en las cosas que hace más en la intimidad, se parece entre sí tanto como en las que hace porque las vio hacer antes a los vecinos, a sus socios del club o a los actores de las propagandas de la televisión.

Después dejé de averiguar. Ella me anunciaba si había hecho algo poco común, aunque eso sucediera muy pocas veces.

Celos jamás sentí. Rabia sí; cuando pensé que me mentía, o cuando sospeché que ella agregaba algún detalle para probar si yo sentía celos.

Con el tiempo aprendí que así como yo nunca le había mentido, ella tampoco a mí me había mentido, y por eso, si alguien hubiera preguntado si éramos felices, habría dicho ella, igual que yo, que sí, que éramos muy felices a pesar de las pequeñas peleas y de los celos.

Porque ella sí celos sentía.

—¿Qué hiciste hoy...? —preguntaba al llegar.

—Y... nada... —decía yo, mostrándole mi yudogui impecable, el cinturón recién planchado, el escritorio cubierto de fichas y de notas, y el mate frío junto a mi cenicero lleno de filtros de cigarrillos terminados.

—Nada... —volvía a decirle, disimulando la sonrisa que me nacía al pensar que ella había andado por ahí

174

creyendo que esa tarde yo habría sido capaz de salir o de hacer algo diferente de cualquier otra tarde de mi vida.

—¿Qué hiciste hoy? ¿Quién estuvo esta tarde? —volvía a preguntar.

—Y... nadie, Franca, nadie —le repetía yo—. ¿Quién iría a estar?

—¡Mentiras...! —decía ella—. ¡Mentiras! Te leo en los ojos que hubo alguien.

—No. No hubo nadie Franca —le decía, y ya sin sonreír, porque sabía cómo iba a terminar todo eso, empezaba a mirarle los ojos verdes, para que al comprobar que resistía su mirada, ella entendiese que no tenía nada que ocultarle, que nadie había venido, y que yo, aquella tarde, no había hecho nada distinto a lo de todas las otras tardes de la semana.

Entonces ella dejaba de mirarme. Sus ojos verdes se fijaban en la pared y yo veía sólo la parte blanca de los ojos que empezaba a nublarse por lágrimas mezcladas con rimmel aceitoso disuelto.

(Había algo loco en eso de mirar siempre hacia un costado, siempre al mismo costado, como si la pintura de la pared, o la pintura de los cuadros colgantes de la pared, pudiese responder sus preguntas: "¿Quién vino?" "¿Dónde fuiste?"). Y yo quería consolarla.

Alzaba un brazo, trataba de acariciarle el pelo, pero ella se volvía más hacia la pared y miraba algún cuadro, o peor, al zócalo directamente. Gritaba:

—¡Ves que siempre mentís! ¿Ves que mentís? —volvía a gritar, como si la pared le hubiese confirmado que yo mentía. (Yo no mentía.)

—No nena... No te miento... —juraba yo, riendo, pero ella lloraba cada vez más fuerte y me decía entre sollozos que se iba a ir con un punto que le había prometido un departamento en Manhattan, con otro que la invitaba a un viaje por islas del Caribe, o con aquel que le ofrecía pasar el verano en su estancia del Brasil.

¿Cómo no iba a reír si siempre amenazaba igual: el Brasil, las islas del Caribe, el departamento "studio" en la isla de Manhattan...? Pero debía haber evitado reír. Era peor: ella gritaba más:

—¿Ves...? —preguntaba—. ¡Te reís! —se respondía. Y explicaba—: ¡Quiere decir que no te importa que me vaya...! Quiere decir que vos no me querés... ¡Que nunca me quisiste! ¡Das asco!

—No nena... —hablaba yo—: ¡No peliés! —rogaba. Yo había dejado de reír, pero ella no había dejado de llorar.

—¿Cómo que no peliés? —decía—. ¡Cómo querés que no pelee si me mentís! —y me miraba y me gritaba—: ¡Sos insensible! —protestaba cada vez más, gritando más.

Entonces yo miraba la hora y calculaba. Sentía el paso del tiempo... Sentía que perderíamos la cena.

Y ella miraba mi escritorio —venía hacia mí y yo temía que comenzase a destrozar los libros, o a revolverme los papeles, o peor, que como muchas veces, acabara tirando el cenicero y mi mate al piso, aunque después ella misma tuviese que juntar la ceniza y los restos de yerba, y fregar la mancha verdosa que impregnaría la alfombra. Procuraba proteger mi escritorio; cubría todo con mis brazos abiertos.

—¡No sigás...! —rogaba yo.

Pero seguía, ella. Tac, un libro. Trac: el cenicero. Tlaf: el mate de boca contra la alfombra; todo caía. Y yo me controlaba, me relajaba, trataba de calmarla. Imposible: nunca se calmaba.

Entonces dejaba mi escritorio; iba hacia ella, le aplicaba una palanca de radio-cúbito, y la llevaba encorvada hacia el sofá. Trabándola contra los almohadones, sobre el sofá o sobre la alfombra, evitaba que se lastimase tratando de librarse de mi palanca.

—Calmate amor... no sigas... —le pedía entonces, hablándole contra la oreja.

Pero ella gritaba más: que la iba a matar, que la quería matar. Y yo pensaba en los vecinos, intentando callarla, y aplastaba su boca contra los almohadones. Era peor: se sacudía, gritaba más.

Entonces le vendaba la boca con mi cinturón, tensaba el cinturón bajo su pelo, por la nuca, y con sus cabos le ataba las manos contra la espalda. Inmóvil, podía decirle lentamente que la quería, que nadie había venido, que yo no había salido y que sabía que nunca me cambiaría por el de Brasil, ni por nadie y ella dejaba de forcejear y yo apagaba la lámpara y me desnudaba.

Le hablaba despacito. La desnudaba y antes de desatar el cinturón le acariciaba el cuello y los brazos para probar si estaba relajada. Sólo la castigaba si hacía algún ruido o intentos de gritar por la nariz que pudiesen alarmar a los vecinos.

Cuando se ponía bien soltaba el nudo: la besaba, le besaba los ojos y la cara, acariciaba todo su cuerpo y la sentía todavía sollozar, o temblar —eran los ecos de tanto que había llorado y gritado— y nos besábamos las bocas, y ella empezaba a reír porque reconocía en mi boca el gusto de sus lágrimas mezclado con gusto de tabaco y de rimmel, y así nos abrazábamos como jamás debió haberse abrazado con sus puntos y nos íbamos al cuarto, o a la hamaca, y nos quedábamos por horas amándonos, o hamacándonos hasta que el hambre, la sed o mis absurdas ganas de fumar nos obligaban a separarnos.

Esas noches no cocinaba. Después del baño bajábamos a un restaurante del barrio y nos sentíamos felices.

La gente, desde las otras mesas nos notaría felices y pasábamos días y semanas enteras felices sin pelear.

Si le quedaban marcas, reprochaba:

—¡Qué van a pensar...! —decía, riéndose, reconociendo que ella había tenido la culpa.

Y nos divertíamos pensando que a los puntos de esa semana, las marcas del cuello, la espalda y las muñecas los entusiasmarían más.

Decía que les contaba a algunos —a los que le parecían más sensibles—, que el hombre que vivía con ella se emborrachaba y le pegaba. Que algunas veces debían llevarla desmayada al hospital. Que no se separaba ni se atrevía a abandonarlo porque el tipo era un asesino y que estaba segura de que tarde o temprano terminaría matándola.

A otros les hacía creer que se había lastimado en una caída del caballo.

Tenía un caballo en el Club Hípico Alemán de Palermo. Lunes y sábados se iba a practicar equitación. Le hacía bien eso a ella, como a mí me hacían bien las prácticas de yudo.

Toda la gente debería practicar un deporte violento: teniendo el cuerpo tenso y fortalecido se está mejor de la cabeza, se respira y se duerme mejor, se fuma menos y la vida comienza a parecerse más a lo que debe ser la verdadera felicidad.

El caballo era un alazán. Se llamaba Mitre; no sé por qué. Lo conocí un sábado, mientras la esperaba cerca del lago. Ella desmontó, vino hacia mí trayéndolo por una rienda, y cuando dejé el auto para besarla, el animal olió mi pelo, resopló, y se puso a golpear, nervioso, el suelo con las patas.

Nunca, dijo ella, se había portado así. Era un caballo que tenía fama de noble y manso, pero algo de mí debía ponerlo mal, porque las pocas veces que me tuvo cerca reaccionó igual: resoplaba, pisoteaba nervioso el césped con sus cascos.

La seguían militares por Palermo. A ella no le gustaban los militares, pero los lunes y los sábados —los días de ella—, muchos van por ahí probando sus caballos.

Se le arrimaban. Trataban de hacer citas.

Siempre los rechazaba.

Nunca hizo puntos por Palermo, ni en el Hípico.

Para ella los caballos, especialmente su caballo, eran una pasión.

El cuidador del Mitre, lo supimos después, era suboficial de Ejército. Se ocupaba de eso para reforzar su pequeño sueldito de fin de mes.

Yo luchaba con un capitán. Por mi peso —sesenta y dos kilos—, nunca encontraba en la academia con quién luchar. A veces probaba con mujeres, pero no tenían técnica ni fuerza. Había muchachos jóvenes, de mi peso, con fuerza y con técnica, pero sin la madurez y la concentración que se logran en el yudo sólo mediante años de práctica.

Entonces debía buscar gente de más peso. El capitán —setenta kilos— era un hombre moreno y bajito. Cuando Fukuma nos presentó, y durante el saludo, miró mi cinturón y habrá pensado que el maestro le pedía, como favor, que me probase.

Gané los seis primeros lances seguidos. Siempre ganaba.

Una tarde, practicando retenciones, le apliqué algunas técnicas de hap-kido y lo noté desesperado por salir. Cuando le hacía un "ojal" con la solapa de su yudogui argentino de loneta, no bien sentía que la circulación cerebral se le dificultaba, en vez de golpear para que lo dejase salir, me clavaba sus ojitos negros reticulados de capilares rojos y yo veía una mirada de odio distinta a la de Franca, no sólo a causa del contraste con el hermoso color verde de ella, sino también porque se entendía que en aquel hombre nadie podría transformar el odio en un sentimiento más elaborado.

Mucha gente jamás comprenderá el deporte.

Ahora permiten federarse y competir en torneos a personas llenas de ideas agresivas, a quienes la experiencia del triunfo y el fracaso no les sirve de nada.

Habría que averiguar bien qué entiende alguien por éxito y derrota antes de autorizarlo a combatir o darle un rango que habilita para formar discípulos. De lo contrario, en pocos años, terminarán por desvirtuarse los principios de las artes marciales.

Perder es aprender. Esto me lo enseñó Fukuma, que lo aprendió del maestro Murita, dan imperial que nunca autorizó la ostentación de colores de rangos en su dojo.

"Si yo tuviera tanta fuerza y tanta habilidad..." —decía ella, refiriéndose a mis palancas y mis técnicas.

Pero jamás pudo aprender. Compró kimono, pagó matrícula y el primer mes de un curso con Fukuma, pero al cabo de cuatro clases desistió reconociendo que no alcanzaba a comprender los fundamentos de nuestro deporte.

Franca había nacido para los caballos.

Calculó Olda Ferrer que yo podría ganar una fortuna instalando un gimnasio.

—¿Cuánto ganaría? —le pregunté.

—Mucho —decía ella, mientras su marido, un psicoanalista, aconsejaba a Franca que me impulsase a tomar discípulos.

Para los psicoanalistas, poner un cartelito y arreglar un local donde otra gente pague por asistir es un ideal de la vida humana, que resulta aun más elevado si el lugar se llama "instituto" y el dinero que los clientes pagan es mucho.

—¿Pero cuánto es mucho? —pregunté a la Ferrer, que era una economista bastante conocida, y calculó una cifra—: Diez mil, para empezar. Después más, veinte, o treinta mil...

Dijo eso o cualquier otro número; no sé cuánto valía el dinero por entonces. Recuerdo en cambio que Franca me guiñaba los ojos, porque durante el mes anterior ella había producido treinta y cinco mil sin poner instituto ni perder tiempo preparando discípulos incapaces de alcanzar objetivo alguno. Pero una vez casi me instalo. Se lo dije a Fukuma. El viejo recomendaba que sí:

—¡Metete! —dijo, y era gracioso oírlo, porque a causa de su acento, "metete" nos parecía una palabra japonesa, mientras que a él le sonaría tan natural y tan argentina como cualquiera de las palabras del español que siempre pronunciaba mal.

Sucedió en 1975. Estaba intervenida la universidad y echaban a los profesores porque en la facultad habían tolerado a los grupitos de estudiantes que se mezclaron con la guerrilla.

Pensé que me despedirían también a mí. En el segundo cuatrimestre cambié el turno de mis clases y comencé a dictar los teóricos en este horario de lunes y sábados entre ocho y diez de la mañana. Con los nuevos horarios venían menos alumnos, y como las autoridades de la intervención siempre llegaban tarde y nunca me veían, se fueron olvidando de mí y no tuve necesidad de "meter" un instituto.

Calculaba así: "si con cuatro horas semanales gano mil, y con cuarenta horas ganaría diez mil, cambiar no me conviene". Las cifras son falsas: nadie recuerda cuánto ganaba por entonces.

Hay algo que se aprende con el estudio de las artes marciales: actuar sobre las partes del enemigo que ofrecen menos resistencia.

Escribí "partes". Una traducción correcta del japonés habría elegido la palabra "puntos".

Franca reiría si leyese estas notas.

Hablé una tarde con el capitán. Le conté lo que ocurría en la Universidad y hablé de mis temores por mí, por Franca. Prometió ayudarme.

Al tiempo, vino a decirme que había hecho averiguaciones y que como yo no tenía antecedentes, no debía preocuparme.

Pero a mediados del setenta y siete, cuando desapareció un chico del gimnasio al que también le había prometido que no necesitaba preocuparse porque no tenía antecedentes, llamé a Solanas y él me llevó, sin que Franca supiese, a la oficina aquella a blanquear.

"Blanquear" quería decir contar lo que uno pensaba, lo que sabía que pensaban o hacían los otros y lo que pensaba que hacían, pensaban o sabían los otros. El hombre de la oficina, un canoso muy alto que debía ser el jefe, después de hablar y preguntar durante más de tres horas, aconsejó que si algún día me llevaban tenía que convencerlos de qué había blanqueado, y reclamar que revisaran mis hojas en el batallón trescientos y pico. Después Solanas me aclaró que haber blanqueado no garantizaba nada, que no se podía poner las manos en el fuego por nadie y que todo aquel trámite, "en el mejor de los casos", podía ser una ayuda.

Creo que todos vieron lo que fue pasando durante aquellos años. Muchos dicen que recién ahora se enteran. Otros, más decentes, dicen que siempre lo supieron, pero que recién ahora lo comprenden. Pocos quieren reconocer que siempre lo supieron y siempre lo entendieron, y que si ahora piensan o dicen pensar cosas diferentes, es porque se ha hecho una costumbre hablar o pensar distinto, como antes se había vuelto costumbre aparentar que no se sabía, o hacer creer que se sabía, pero que no se comprendía.

Se lo aprende en la vida, o en el dojo: siempre es igual que antes. Para la gente, lo importante es vivir mirando hacia donde los otros le señalan, como si nada sucediera detrás, o más adelante.

Si cuando sucedía aquello había que pensar otra cosa, ahora, que hay que pensar en lo que entonces sucedía, indica que no habrá que mirar ni pensar las cosas que suceden en este momento.

Ochenta y tres. Empieza otro año y llegan nuevas promociones de alumnos. Cada cuatrimestre los estudiantes me parecen más jóvenes, más niños. Es porque en mi memoria los alumnos de antes han seguido creciendo o envejeciendo, aunque nunca los haya vuelto a ver.

En mi memoria crecen y encanecen muchachos y muchachas que murieron poco después de aprobar el examen final, hace cinco o diez años.

Mi memoria de mí continúa intacta. Me imagino como el día que comencé en la cátedra, hace ya doce años.

Tenía veintisiete.

Franca tampoco envejeció. Tiene treinta y nueve, mi edad. Hace puntos aún, pero jura que el marido no lo sabe.

Vive con él, con los hijitos que tuvieron con él, y con la suegra, que los cuida.

La veo muy pocas veces. Pregunto cómo no pudimos seguir siendo felices.

Ella protesta que es feliz, que ya no siente celos, y que ahora es él —el marido— quien siente celos. Sabe que ella hacía puntos, pero no sabe, o finge que no sabe, que sigue haciendo puntos ahora. Ella dice que él nunca conocerá lo nuestro, porque si se enterase la echaría de la casa, le quitaría los hijos o haría cualquier locura. Lo cree capaz.

Cuenta que salvo alguna situación en la que debió entrar para satisfacer caprichos de los clientes, jamás ha vuelto a acostarse con mujeres, y que yo fui la única por quien sintió algo fuerte y sincero en la vida.

Le creo.

Creer, o no creer, no me hace más ni menos feliz, Claudia volvió a leer hasta aquí y quiere saber si éramos felices. Digo que sí:

—Como con vos. Igual que con vos, Claudia —le digo y me parece que está por volver a llorar.

¿Llorará? A veces llora.

—No Claudia, celos no, por favor —le ruego, porque siento que comienza a llorar.

Y ella me jura que no son celos de mí, ni de la otra, sino celos de un tiempo en el que fuimos muy felices y ella no estaba conmigo.

—Y ahora, Claudia —pregunto—: ¿No somos felices?

Desde el rincón del living me mira sin hablar.

Recién llega de hacer sus puntos y se ha puesto a ordenar los discos. Después de un rato dice:

—Sí... somos felices... Pero quisiera que todo esto se te borre de la podrida cabeza...

Y yo soplo. (Algo así ha de haber sentido el caballito de Franca Charreau.) Ella no pudo oírme, pero se acerca. Adivino qué va a ocurrir.

Acerté.

Se arrima al escritorio. Espía lo que escribo.

Revuelve mis papeles y empieza, como siempre, a hablar de Franca.

—¡Esa puta...! Andaba con mujeres... ¡Se encamaba con todas las putas reventadas de Buenos Aires...!

Cuando se pone así, Claudia siempre habla así.

Después me dice que soy una estúpida, una imbécil, y vuelve a repetir que Franca era una puta.

—Igual que vos, mi amor —le digo. Estoy serena. ¿Será necesario que alguna vez pierda el control y que me exalte para calmarla?

—Dudás de mí —me dice y llora—: ¡No creés en mí!

—No nena —digo—, nunca dudé de vos.

—Claro —responde—, es porque estás segura, porque salís con otras... Porque te ves con esa puta de Franca... Por eso...

Y llora y habla a gritos. ¿Tendré que interpretar? Interpreto:

—No, nena, no es así. La que quiere salir con otras debés ser vos... No yo... Yo estoy muy bien en mi escritorio... Te ponés mal... estás haciendo esto —digo— para sentirte mal, para no estar mejor conmigo...

—Y ella... ¿Podía estar bien con vos? —pregunta y me golpea el escritorio.

—Sí, Claudia —digo temiendo que vuelva a romper algo—, como vos: a veces, como vos hoy, ella tampoco podía...

Ella no sabe controlar sus reacciones. Tampoco yo sé controlar mis no-reacciones. Si actuase como ella desea, todo sería distinto. Más violento y confuso —más peligroso— pero tal vez sería mejor. Apagaré la luz.

Veo su silueta moverse en la semipenumbra del living y reconozco su intención. Amenazo:

—Si seguís, Claudia, sabés lo que te va a pasar...

Pero sigue:

—Sos una mierda... ¡Sos una mierda! ¡Sos una renga borracha y podrida como las cosas que escribís...!

Y grita. Grita cada vez más:

—Sos una puta como Franca... —ahora todos los vecinos la escucharán.

Odio sus miradas indiferentes en el ascensor, o en el palier. Atentos, educados, fingen no habernos oído nunca. Así son ellos: viven fingiendo, ocultando lo que ocurre detrás. ¿Como en el cine? Como en un cine. Como en la vida.

Que termine. Por los vecinos, pido. Que no quiero más humillaciones con los vecinos, digo.

Sigue:

—Podrida... Renga... ¡Como lo que escribís...! ¡Era una puta...!

Grita más, sigue gritando hasta que dejo mi silla, la sorprendo por detrás y le cruzo el antebrazo contra la boca asiendo firme su muñeca con el cabo del cinturón. Ya no la pueden oír.

Grita por la nariz. Entiendo cada una de sus sílabas: "borracha", "renga", "podrida", "curda".

¡Tantas veces la oí! La vuelco sobre los almohadones. Se arquea.

Golpea su frente y las orejas contra la alfombra y contra las patas del sofá. No es fácil sujetarla.

Se marcará.

Cuando termino de atar sus manos me desnudo, manteniéndola quieta con mi pierna apoyada en su cintura. Chilla por la nariz, sacude la cabeza. Todo retumba.

Después, desnuda, comienzo a desnudarla. No es fácil; Claudia es fuerte —pesa cincuenta y ocho—, se mueve y se resiste. Comienzo a acariciarla. Beso sus lágrimas. Beso sus ojos, beso su pelo húmedo y siento el gusto de su sangre: otra vez se le han abierto las cicatrices de la sien.

La abrazo.

Siento cómo se va calmando lentamente.

Entonces paso mis manos tras su espalda y desato el cinturón. La mano libre de ella se clava en mi cintura, bajo la espalda. Me hiere con sus uñas, pero se está calmando.

Después se aquieta y nos besamos. Se mezclan gustos en nuestras bocas: las lágrimas, la sangre y los restos de rimmel y de lápiz de labios. Nos abrazamos más. Nos apretamos cada vez más y vamos abrazadas a la hamaca o al cuarto, para hamacarnos, o acariciarnos. Ríe. Reímos juntas y más tarde, después del baño, cuando salimos a comer, vuelve a reír al recordar la escena de esta noche y yo río a la par y la gente nos mira reír. ¿Pensarán todos que somos muy felices? Tal vez.

Pero aquí nadie nos conoce. Los que solían comer en estos restaurantes ya no andan más por nuestro barrio.

—Todo cambia —le digo, y querría que entendiese que no le estoy diciendo cualquier frase, que en estas dos palabras hay una enseñanza que ella, algún día, deberá aprender.

—Soy feliz... —me dice, como si hubiera comprendido y confiesa que si encontrase un hombre capaz de darle la cuarta parte de la felicidad que ha tenido conmigo, se iría con él, porque soy una borracha podrida que sólo sabe destruir, y repite que soy una borracha, que algún día me olvidará como seguramente Franca me ha olvidado.

Y yo río. (¡Tantas veces la gente del restaurante me habrá visto reír...!) Río porque ella está simulando una pelea para probarme —para provocarme—, pero cuando pregunta por qué río, miento y respondo que me río de ella, porque si confesase que río de un país, de una ciudad, de un restaurante y de sus mesas semejantes donde la gente come menús idénticos al nuestro y todo nos parece natural, o real, ella no me creería, sentiría que la engaño y hasta sería capaz de reiniciar otra de sus escenas de violencia.

1983

ÍNDICE

Esta edición de 3.000 ejemplares
se terminó de imprimir en
Indugraf S. A.,
Sánchez de Loria 2251, Bs. As.,
en el mes de septiembre de 1999.